Bianca

EL MÁS OSCURO DE LOS SECRETOS
LOS SECRETOS
Kate Hewitt

Editado por Harlequin Ibérica.
Una división de HarperCollins Ibérica, S.A.
Núñez de Balboa, 56
28001 Madrid

© 2012 Kate Hewitt
© 2019 Harlequin Ibérica, una división de HarperCollins Ibérica, S.A.
El más oscuro de los secretos, n.º 2749 - 25.12.19
Título original: The Darkest of Secrets
Publicada originalmente por Harlequin Enterprises, Ltd.
Este título fue publicado originalmente en español en 2012

I.S.B.N.: 978-84-1328-606-8
Depósito legal: M-32668-2019
Impreso en España por: BLACK PRINT
Fecha impresion para Argentina: 22.6.20
Distribuidor exclusivo para España: LOGISTA
Distribuidor para México: Distibuidora Intermex, S.A. de C.V.
Distribuidores para Argentina: Interior, DGP, S.A. Alvarado 2118.
Cap. Fed./Buenos Aires y Gran Buenos Aires, VACCARO HNOS.

Capítulo 1

ABRIDLA.

Habían tardado casi dos días en conseguirlo. Khalis Tannous dio un paso atrás mientras los dos ingenieros que había contratado para abrir la cámara acorazada de su padre retiraban la puerta de las bisagras. Habían recurrido a todo su saber, pero el padre de Khalis había pecado de paranoia y el sistema de seguridad era demasiado avanzado. Al final, habían utilizado tecnología láser de vanguardia para cortar el metal.

Khalis no tenía ni idea de lo que había dentro; ni siquiera había sabido que existía en el sótano del complejo de la isla privada de su padre. Ya había recorrido el resto de las instalaciones y había encontrado suficiente evidencia para encerrar a su padre en la cárcel de por vida, si siguiera vivo.

—Está oscuro —dijo uno de los ingenieros. Habían apoyado la puerta en una pared y la entrada a la cámara se veía oscura e informe.

—Dudo que haya ventanas ahí dentro —Khalis sonrió con amargura. No podía ni imaginar lo que habría allí. ¿Un tesoro o problemas? Su padre tenía afición a ambas cosas—. Una linterna —dijo. Le pusieron una en la mano.

La encendió y dio un paso hacia la oscuridad. El corazón le latía con fuerza. Tenía miedo y eso lo irritaba, pero conocía a su padre lo bastante como para querer estar preparado para enfrentarse a otro trágico testamento de su poder y crueldad.

La oscuridad lo envolvió como terciopelo. Notó una gruesa alfombra bajo los pies y captó los sorprendentes aromas de madera y cera para muebles. Sintió alivio y curiosidad. Alzó la linterna e iluminó a su alrededor. Era una habitación grande, amueblada como el estudio de un caballero, con sofás y sillones elegantes, e incluso una mesa para bebidas.

Pero Khalis no creía que su padre bajara a una cámara acorazada para relajarse con un vaso de su mejor whisky. Vio un interruptor en la pared y encendió la luz. Giró en redondo, mirando primero los muebles y luego las paredes.

Y lo que había en ellas: marco tras marco, lienzo tras lienzo. Reconoció algunos, otros no. Un gran peso cayó sobre él como un sudario. Otra muestra de las actividades ilegales de su padre.

—¿Señor Tannous? —llamó, intranquilo, uno de los ingenieros desde afuera. Khalis comprendió que su silencio ya duraba demasiado.

—Estoy bien —contestó. Lo que tenía ante sus ojos era asombroso... y terrible. Vio una puerta de madera en la parte de atrás de la sala. Se acercó y entró en una habitación mucho más pequeña. Allí solo había dos cuadros, que hicieron que Khalis estrechara los ojos. Si eran lo que creía que eran...

—¿Khalis? —llamó Eric, su ayudante. Khalis salió de la habitación y cerró la puerta.

Apagó la luz y salió de la cámara. Los dos ingenieros y Eric lo esperaban, con expresiones curiosas y preocupadas.

—Dejadla —les dijo a los ingenieros, que habían apoyado la enorme puerta de acero contra la pared. Sentía el principio de un dolor de cabeza–. Me ocuparé de esto más tarde.

Agradeció que nadie hiciera preguntas, porque no tenía intención de decir qué había en la cámara. Aún no se fiaba de los empleados que habían quedado en el complejo tras la muerte de su padre. Cualquiera que trabajara para su padre tenía que estar desesperado o carecer de escrúpulos. Esas opciones no inspiraban confianza.

–Podéis iros –les dijo a los ingenieros–. El helicóptero os llevara a Taormina.

Khalis desactivó el sistema de seguridad y entraron en el ascensor que conducía arriba. Khalis sentía tensión en todo el cuerpo, pero llevaba así una semana, desde que había salido de San Francisco para ir a la endiablada isla, tras enterarse de que su padre y su hermano habían fallecido al estrellarse su helicóptero.

Hacía quince años que no los veía ni tenía relación con Empresas Tannous, el imperio empresarial de su padre. Un imperio enorme, poderoso y corrupto hasta la médula, que Khalis había heredado. Dado que su padre lo había repudiado públicamente cuando se fue de allí a los veintiún años, la herencia había sido una sorpresa.

De vuelta en el despacho de su padre, suspiró y se pasó las manos por el pelo, meditabundo. Llevaba una semana intentando familiarizarse con los muchos bienes de su padre para determinar hasta qué punto eran ilegales. La cámara y su contenido eran una complicación más.

Afuera, el mar Mediterráneo brillaba como una joya bajo el sol, pero la isla distaba de ser un paraíso para Khalis. Había sido su hogar de niño, pero la sentía como una prisión. No eran los altos muros coronados con alambre espino y cristales rotos lo que lo aprisionaban, sino sus recuerdos. La desilusión y desesperación que le habían corroído el alma, obligándolo a huir de allí. Si cerraba los ojos podía ver a Jamilah en la playa, con el pelo negro alborotado por la brisa, contemplándolo partir por última vez, con los ojos oscuros reflejando su dolor de corazón.

«No me dejes aquí, Khalis».

«Volveré. Volveré y te sacaré de este lugar, Jamilah. Te lo prometo».

Apartó el recuerdo, igual que llevaba haciendo quince años. «No mires atrás. No te arrepientas ni recuerdes». Había hecho la única elección posible; simplemente no había previsto las consecuencias.

–¿Khalis?

Eric cerró la puerta y esperó instrucciones. En pantalón corto y camiseta, parecía el típico joven californiano incluso allí, en Alhaja. Pero su ropa y actitud casuales escondían una mente aguda como una cuchilla y una destreza informática que rivalizaba con la de Khalis.

–Tenemos que traer a un tasador de arte cuanto antes–dijo Khalis–. Al mejor, preferiblemente especialista en pintura del Renacimiento.

–¿Estás diciendo que en la cámara había cuadros? –Eric alzó las cejas, intrigado.

–Sí. Muchos cuadros. Cuadros que calculo valen millones –se dejó caer en la silla, tras el escritorio, y echó un vistazo a la lista de bienes que había estado revisando. Inmuebles, tecnología, finanzas, política. Empresas Tannous metía la mano, sucia, en todas las tartas. Khalis volvió a preguntarse cómo se tomaban las riendas de una empresa más temida que respetada y se la transformaba en algo honesto, en algo bueno.

No se podía. Ni siquiera quería hacerlo.

—¿Khalis? —Eric interrumpió sus pensamientos.

—Ponte en contacto con un tasador y organiza que vuele hasta aquí. Con discreción.

—Sin problema. ¿Qué vas a hacer con los cuadros cuando los tasen?

—Librarme de ellos —Khalis sonrió con amargura. No quería nada de su padre, y menos aún valiosas obras de arte, sin duda robadas—. Informar a las autoridades cuando sepamos qué tenemos entre manos. Antes de que llegue la Interpol y empiece a husmear por todos sitios.

—Un lío endiablado, ¿no? —Eric soltó un silbido.

—Eso —le dijo Khalis a su ayudante y mejor amigo—, es el eufemismo del año.

—Voy a ocuparme de lo del tasador.

—Bien. Cuanto antes mejor. Esa cámara abierta supone demasiado riesgo.

—¿Crees que alguien puede intentar robar algo? —Eric alzó las cejas—. ¿Adónde irían?

—La gente puede ser taimada y falsa —Khalis encogió los hombros—. Y no confío en nadie.

—Este lugar te hizo mucho daño, ¿verdad? —apuntó Eric, estrechando los ojos azules.

—Era mi hogar —Khalis se encogió de hombros otra vez y volvió al trabajo. Segundos después, oyó el ruido de la puerta al cerrarse.

—Un proyecto especial para La Gioconda.

—Muy gracioso —Grace Turner giró en la silla para mirar a David Sparling, su colega en Aseguradores de Arte Axis y uno de los mayores expertos del mundo en falsificaciones de Picasso—. ¿De qué se trata? —sonrió con calma cuando él agitó un papel antes sus ojos, sin intentar agarrarlo.

–Ah, la sonrisa –dijo David, sonriendo también. Cuando Grace empezó a trabajar en Axis le habían puesto el mote de La Gioconda, por su sonrisa tranquila y su pericia en el arte renacentista–. Ha llegado una petición urgente para evaluar una colección privada. Quieren a alguien experto en el Renacimiento.

–¿En serio? –procuró ocultar su curiosidad.

–En serio –dijo David, acercando el papel más. ¿No sientes ni un poco de curiosidad, Grace?

–No –Grace giró la silla hacia el ordenador y miró su tasación de una copia de un Caravaggio, del siglo XVII. Era buena, pero no alcanzaría el precio que había esperado.

–¿Ni siquiera si te digo que el tasador volará a una isla privada en el Mediterráneo, con todos los gastos pagados? –David soltó una risita.

–Es normal –las colecciones privadas no eran fáciles de trasladar–. ¿Conoces al coleccionista?

Solo un puñado de personas en el mundo tenían cuadros renacentistas de auténtico valor, y la mayoría no querían que tasadores y aseguradoras supieran qué clase de arte colgaba en sus paredes.

–Demasiado top secret para mí –David movió la cabeza y sonrió–. El jefe quiere verte, ya.

–¿Por qué no me lo has dicho antes? –Grace apretó los labios y puso rumbo al despacho de Michel Latour, director de Aseguradores de Arte Axis, viejo amigo de su padre y uno de los hombres más poderosos del mundo del arte.

–¿Querías verme?

Michel, que estaba mirando por la ventana que daba a la Rue St Honoré, en París, se dio la vuelta.

–Cierra la puerta. ¿Recibiste el mensaje?

–Evaluar una colección privada con obras significa-tivas del periodo renacentista –movió la cabeza–. No se me ocurre ni media docena de coleccionistas que encaje en esa descripción.

–Esto es algo distinto –Michel esbozó una sonrisa tensa–. Tannous.

–¿Tannous? –lo miró boquiabierta–. ¿Balkri Tan-nous? –Grace sabía que era un hombre de negocios in-moral y, supuestamente, coleccionista obsesivo. Nadie sabía qué contenía su colección de arte. Sin embargo, siempre se susurraba el nombre de Tannous cuando ro-baban una pieza de un museo: un Klimt de una galería de Boston, un Monet del Louvre–. Espera, ¿no está muerto?

–Murió la semana pasada en un accidente de heli-cóptero –confirmó Michel–. Sospechoso, por lo visto. Su hijo es quien pide la tasación.

–Creía que su hijo murió en el accidente.

–Este es su otro hijo.

–¿Crees que quiere vender la colección? –preguntó Grace.

–No estoy seguro de lo que quiere –Michel fue a su escritorio, sobre el que había una carpeta abierta. Pasó algunas hojas; Grace vio notas sobre varios robos. Tan-nous era sospechoso de todos ellos, pero nadie podía probarlo.

–Si quisiera vender en el mercado negro no habría recurrido a nosotros –apuntó Grace. Abundaban los ta-sadores que comerciaban con piezas robadas, pero Axis no jugaba sucio nunca.

–Cierto –asintió Michel–. No creo que pretenda ven-der en el mercado negro.

–¿Crees que va a donarla? –la voz de Grace sonó incrédula–. La colección entera podría valer millones. Puede que mil millones de dólares.

–No creo que él necesite dinero.

–No es cuestión de necesidad. ¿Quién es? Ni siquiera sabía que Tannous tenía un segundo hijo.

–No se sabe por qué abandonó el redil a los veintiún años, tras licenciarse en Matemáticas, en Cambridge. Creó su propia empresa de informática en Estados Unidos y no volvió nunca.

–Y su empresa de Estados Unidos, ¿es legal?

–Eso parece –Michel hizo una pausa–. Quiere que la tasación se haga cuanto antes. Urgente.

–¿Por qué?

–Es comprensible que un hombre de negocios honesto quiera librarse legalmente de un montón de obras de arte robadas lo antes posible.

–Eso, si es honesto.

–El cinismo no te favorece, Grace –Michel movió la cabeza con expresión compasiva.

–Tampoco me favoreció la inocencia.

–Sabes que quieres ver lo que hay en esa cámara acorazada –la tentó Michel con voz suave.

Grace tardó un momento en contestar. No podía negar que sentía curiosidad, pero había sufrido demasiado para no titubear. Su instinto era resistirse a la tentación, en todas sus formas.

–Podría entregar la colección a la policía.

–Tal vez lo haga, después de la tasación.

–Si es grande, eso podría llevar meses.

–Una tasación detallada sí, pero creo que solo quiere que un ojo experto le eche un vistazo. Antes o después tendrá que trasladarla.

–No me gusta. No sabes nada de ese hombre.

–Confío en él –dijo Michel–. Ha buscado la fuente más legítima posible para la tasación.

Grace no dijo nada. No se fiaba de ese Tannous, no se fiaba de los hombres, y menos de los magnates ricos y posiblemente corruptos.

–El caso es que quiere que el tasador vuele a la isla Alhaja esta noche –añadió Michel.

–¿Esta noche? ¿Por qué tanta prisa?

–¿Por qué no? Estar a cargo de esas obras debe de ser incómodo. Es fácil caer en la tentación.

–Lo sé –dijo Grace con voz suave.

–No me refería... –se excusó Michel.

–Lo sé –repitió ella. Movió la cabeza–. No puedo hacerlo, Michel –inspiró y el aire le quemó los pulmones–. Sabes lo cuidadosa que debo ser.

–¿Cuánto tiempo vas a seguir viviendo esclavizada por...?

–El que haga falta –se dio la vuelta para ocultar su expresión, el dolor que no conseguía ocultar cuatro años después. Sus colegas la consideraban fría y poco emotiva, pero no era más que una máscara. Solo con pensar en Katerina sus ojos se llenaban de lágrimas y se le encogía el corazón.

–Oh, *chérie* –Michel suspiró y volvió a mirar la carpeta–. Creo que esto te haría bien. Estás viviendo tu vida como un ratón de iglesia, o una monja, no sé cuál. Tal vez las dos cosas.

–Interesantes analogías –Grace sonrió de medio lado–. Necesito llevar una vida tranquila. Lo sabes.

–Sé que eres la evaluadora de arte renacentista con más experiencia de la que dispongo, y necesito que vueles a isla Alhaja... esta noche.

–No puedo –lo miró y vio acero en sus ojos. Él no iba a dejar que se librara.

–Puedes y lo harás. Aunque fuera el mejor amigo de tu padre, soy tu jefe. No hago favores, Grace. Ni a ti, ni a nadie.

Ella sabía que no era cierto. Le había hecho un inmenso favor cuatro años antes, cuando estaba desesperada y muriéndose por dentro. Al ofrecerle un empleo en Axis le había devuelto la vida, o tanta como podía vivir, dadas sus circunstancias.

–Podrías ir tú –le sugirió.

–No conozco ese periodo tan bien como tú. Tienes que ir, Grace.

–Si Loukas se entera... –tragó saliva. Notaba el tronar de su corazón en el pecho.

–Estarás trabajando. Hasta él te permite eso.

–Aun así –juntó los dedos, nerviosa. Sabía bien que el arte más caro y preciado del mundo encendía la pasión y la posesividad de la gente. Un gran cuadro podía envenenar el deseo, convertir el amor en odio y la belleza en fealdad. Lo había visto y vivido y no quería repetir.

–Todo será muy discreto y seguro. No hay razón para que nadie sepa que estás allí.

¿Sola en una isla con el hijo olvidado de un magnate de negocios corrupto y odiado? Grace no sabía mucho de Balkri Tannous, pero conocía a su ralea. Sabía lo despiadado, cruel y peligroso que podía ser un hombre de ese tipo. Y no tenía razones para creer que su hijo fuera a ser distinto.

–Habrá empleados –le recordó Michel–. No es como si fueras a estar sola con él.

–Lo sé –tomó y aire y lo soltó lentamente–. ¿Cuánto tiempo tendría que estar allí?

–¿Una semana? Depende de lo que haya –al ver que iba a protestar, Michel alzó la mano–. Basta. Irás, Grace. Tu avión sale dentro de tres horas.

–¿Tres horas? Si no tengo el equipaje, ni...

–Tienes tiempo –sonrió, pero su expresión se mantuvo firme–. No olvides llevar un bañador. El Mediterráneo es agradable en esta época del año. Puede que Khalis Tannous te deje ir a nadar.

Khalis Tannous. El nombre le produjo un escalofrío, no supo si de curiosidad o de miedo. Hijo de un padre sin escrúpulos, había elegido, por rebeldía o desesperación, alejarse de su familia a los veintiún años. ¿Qué clase de hombre era, y en qué se convertiría al controlar un imperio?

–No pienso nadar –dijo–. Pretendo acabar el trabajo lo antes posible.

–Bueno –Michel sonrió–, podrías intentar disfrutar un poco, por una vez.

Grace movió la cabeza. Sabía adónde conducía eso, no tenía intención de volver a disfrutar nunca.

Capítulo 2

AHÍ ESTÁ.
Grace estiró el cuello para mirar por la ventanilla del helicóptero que la había recogido en Sicilia y en ese momento la llevaba a isla Alhaja, que no era más que una mota rocosa con forma de media luna, cerca de la costa de Túnez. Tragó saliva e intentó controlar los nervios que sentía.

–Diez minutos más –dijo el piloto.

Grace se recostó en el asiento. Era muy consciente de que dos miembros de la familia de Khalis Tannous habían muerto en un accidente de helicóptero hacía poco más de una semana, sobre esas mismas aguas. El piloto percibió su intranquilidad, porque la miró y esbozó lo que Grace supuso era una sonrisa tranquilizadora.

–No se preocupe. Es muy seguro.

–Ya –Grace cerró los ojos cuando el helicóptero inició el descenso. Aunque era una de las mejores expertas en arte renacentista de Europa, no trataba con coleccionistas privados sino con museos, inspeccionando y asegurando los cuadros que colgaban de sus paredes. Trabajaba en silenciosas salas traseras y laboratorios estériles, lejos del público y del escándalo. Michel se ocupaba de las personalidades tempestuosas típicas de los coleccionistas privados. Sin embargo, esa vez la había enviado a ella.

Abrió los ojos y miró por la ventanilla. Una franja

de playa de arena blanca, una cala rocosa, árboles y un alto muro rematado por dos filas de alambre de espino y trozos de cristal roto. Grace supuso que era solo un mínimo atisbo del sistema de seguridad de Tannous.

El helicóptero tomó tierra a pocos metros de un jeep negro. Grace bajó a la pista. Vio a un hombre delgado que vestía camiseta teñida a mano y pantalones vaqueros cortados; la brisa marina le alborotaba el pelo rubio.

—¿Señorita Turner? Soy Eric Pulson, el ayudante de Khalis Tannous. Bienvenida a Alhaja.

Grace se limitó a asentir. No había esperado que el ayudante de Tannous apareciera vestido como un turista de playa. Él la condujo al jeep y echó su maleta en la parte de atrás.

—¿Me espera el señor Tannous?

—Sí, puede refrescarse y relajarse un poco, después se reunirá con usted.

—Creía que era un asunto urgente —protestó ella. Odiaba que le dijeran lo que tenía que hacer.

—Estamos en una isla mediterránea, señorita Turner —la miró risueño—. ¿Qué significa urgente?

Grace frunció el ceño. No le gustaba la actitud del hombre. Distaba de ser profesional, y ella necesitaba serlo siempre. Profesional. Discreta.

Eric condujo por una carretera pedregosa hasta la entrada al complejo, un par de puertas de metal que intimidaban. Se abrieron silenciosamente y se cerraron tras el jeep. Eric parecía relajado, pero él conocía el código de seguridad de esas puertas. Ella no. Acababa de convertirse en una prisionera. Otra vez. Se le humedecieron las palmas de las manos y sintió náuseas al recordar lo que era sentirse prisionera. Ser prisionera.

Se preguntó por qué había accedido a ir. Sabía que Michel no la habría despedido si se hubiera negado. Lo cierto era que la tentación de ver la famosa colección Tannous había sido demasiado fuerte para resistirse.

Por desgracia, Grace sabía mucho de tentación.

Bajó del jeep y miró a su alrededor. El complejo era un feo bloque de cemento, como un búnker, pero lo rodeaban unos jardines preciosos.

Eric la condujo a la puerta principal del edificio y desactivó otro sistema de seguridad digital. Grace lo siguió a un enorme vestíbulo con suelo cerámico y una claraboya en el techo, y después a una sala de estar elegante e informal, con sofás y sillones en tonos neutros, algunas antigüedades y un ventanal con vistas al mar.

–¿Puedo ofrecerle algo de beber? –preguntó Eric, con las manos en los bolsillos–. ¿Zumo, vino, piña colada?

–Un vaso de agua con gas, por favor –Grace no tenía ninguna intención de relajarse.

–Ahora mismo –se marchó, dejándola sola.

Grace examinó la habitación con sus ojos de experta. Los muebles y los cuadros eran buenas copias, pero falsos. Eric regresó con el agua. Tras decirle que Tannous llegaría en unos minutos y que entretanto podía «relajarse», se marchó. Grace tomó un sorbo de agua. Los minutos fueron pasando y se preguntó por qué Tannous la estaba haciendo esperar.

Nada allí le gustaba. Ni el muro, ni las puertas blindadas ni el hombre al que iba a conocer. Todo le traía demasiados recuerdos dolorosos. Si fuera cierto lo que decían de «si no te mata te hará fuerte», ella sería una forzuda. Pero, en cambio, se sentía vulnerable y expuesta. Se esforzaba mucho por dar una imagen fría y profesional, y ese sitio estaba haciendo que se resquebrajara.

Fue hacia la puerta y probó el picaporte. Comprobó,

con alivio, que se abría. Era obvio que estaba paranoica. Salió al vestíbulo y al fondo vio unas puertas de cristal que conducían a un patio y a una piscina de horizonte, que parecía fundirse con el mar y brillaba a la luz del ocaso.

Grace salió e inhaló el aroma a lavanda y romero. Una brisa seca acarició su nuca, soltando algunos mechones de su moño. Caminó hacia la piscina. Oía el golpeteo rítmico del agua. Alguien estaba nadando y creía saber quién era.

Rodeó una palmera y se encontró ante la piscina. Un hombre cortaba el agua con seguridad. Parecía arrogante y confiado en sus fueros.

Khalis Tannous.

Sintió una intensa irritación. Mientras ella esperaba, ansiosa y tensa, él estaba nadando. Parecía un juego de poder. Grace se acercó a la tumbona y agarró la toalla que había encima. Luego fue hacia el borde en el que Khalis Tannous iba a terminar un largo y no podría dejar de ver sus tacones de diez centímetros de altura.

Él tocó el borde y alzó la vista. Grace no estaba preparada para la descarga que sintió. Algo chisporroteó en ella al ver esos ojos gris verdosos, con largas pestañas oscuras. Aunque sintió terror, le entregó la toalla con frialdad.

—¿Señor Tannous?

Él curvó la boca con desconcierto y sus ojos se estrecharon con suspicacia. Estaba en guardia, como ella. Salió de la piscina y aceptó la toalla.

—Gracias —se secó con parsimonia.

Grace no pudo evitar mirar el pecho musculoso y la piel dorada salpicada de agua. Tannous era de padre tunecino y madre francesa, y la mezcla étnica era evidente. Era bellísimo, pura piel bruñida y músculo. Tenía un aura de poder, no tanto por su gran altura como por la energía y fuerza de cada uno de sus movimientos.

–¿Y usted es? –preguntó él por fin.

–Grace Turner de Aseguradores de Arte Axis –sacó una tarjeta del bolsillo del abrigo y se la entregó–. Creo que me esperaba.

–Así es –se enrolló la toalla a las caderas y la miró de arriba abajo, evaluándola.

–Pensaba que esta tasación era urgente ¿no?–dijo Grace manteniendo un tono profesional.

–Bastante urgente –corroboró Tannous. Captando la censura de ella, sonrió–. Le pido disculpas por lo que puede parecer una descortesía. Supuse que el tasador querría refrescarse antes de verme, y que podría terminar mi baño.

–La tasadora –corrigió Grace con frialdad–. Y le aseguro que estoy lista para trabajar.

–Me alegra oírlo, señorita... –miró la tarjeta–. Turner –alzó la vista, evaluándola de nuevo, aunque Grace no habría sabido decir si la evaluaba como mujer o como profesional–. Si no le importa seguirme, iremos a mi despacho y hablaremos.

Grace asintió y lo siguió hasta a una discreta puerta que había en una esquina. Recorrieron un largo pasillo, iluminado por la luz del crepúsculo que entraba por las ventanas, hasta llegar a un despacho varonil, con ventanales tintados, que daba a los jardines del otro lado del complejo.

Inconscientemente, Grace fue hacia el ventanal y contempló la belleza que se escondía tras el alto muro, sobre el que destellaban los trozos de cristal. La atenazó la sensación de estar atrapada.

Khalis Tannous se situó detrás de ella, que era más que consciente de que él solo se cubría con un bañador y una toalla. Al oír el suave sonido de su respiración y sentir su calor, se tensó.

–Una belleza, ¿no cree? –murmuró él. Grace se obligó a no moverse, a no reaccionar a su cercanía.

–Para mí, el muro arruina la panorámica –replicó, apartándose de la ventana. Su hombro rozó el pecho de él. Volvió a sentir una especie de corriente eléctrica. No podía negar la respuesta física que le provocaba ese hombre, pero sí suprimirla. Rígida, y con la cabeza muy alta, fue hacia el centro de la habitación.

–Estoy de acuerdo –dijo Tannous con expresión pensativa. Ella no habló–. Iré a vestirme –desapareció por una puerta que había en el rincón de la habitación.

Grace inspiró y soltó el aire lentamente. Podía manejar la situación. Era una profesional. Se concentraría en su trabajo y se olvidaría del hombre y de sus recuerdos. Estar en esa especie de prisión le recordaba otra isla, otra valla. Y el dolor de corazón que había seguido, por su propia culpa.

–Señorita Turner.

Grace se dio la vuelta y vio a Tannous en el umbral. Se había puesto una camisa de seda gris peltre, abierta al cuello, y pantalones negros. Había estado impresionante con solo una toalla, pero así vestido estaba aún mejor; su fuerza era aparente en cada movimiento y la seda se ondulaba sobre sus músculos. Ella dio un paso atrás.

–Señor Tannous.

–Por favor, llámeme Khalis –sonrió–. Hábleme de usted, señorita. Entiendo que tiene experiencia en la valoración del arte renacentista, ¿es así?

–Es mi especialidad, señor Tannous.

–Khalis –se sentó tras el enorme escritorio de roble y apoyó la barbilla en los dedos, esperando.

–Tengo un doctorado en copias de Da Vinci del siglo XVII.

–Falsificaciones.

–Sí.

–No creo que aquí vaya a ver falsificaciones.

Ella sintió un pinchazo de excitación. A pesar de la ansiedad que le producía ese lugar, anhelaba ver lo que escondía la cámara.

–Si quiere enseñarme lo que desea tasar...

–¿Cuánto tiempo lleva con Aseguradores de Arte Axis?

–Cuatro años.

–Parece muy joven para ser tanta experta.

Grace controló la irritación. Por desgracia, estaba acostumbrada a que los clientes, sobre todo los hombres, dudaran de su capacidad.

–*Monsieur* Latour puede dar fe de mí experiencia, señor Tannous...

–Khalis –corrigió él con voz suave.

Ella sintió un escalofrío. No quería llamarlo por su nombre de pila, por ridículo que pareciera. La formalidad era una manera de mantener la distancia, necesaria y profesional.

–Si prefiere a otro tasador, por favor, dígalo –sería un alivio alejarse de la isla y de los recuerdos que revivía, pero también una decepción profesional.

–En absoluto, señorita Turner –sonrió muy relajado–. Solo estaba haciendo un comentario.

–Entiendo –esperó, inquieta y tensa, intentando aparentar indiferencia. Él no dijo nada y al final la impaciencia la pudo–. ¿La colección...?

–Ah, sí. La colección –su expresión se volvió velada, cautelosa. Por un momento dio la impresión de ser un hombre atenazado por una fuerza terrible, por una sombra. Después su rostro se aclaró–. Mi padre tenía una colección de arte en el sótano de este complejo. Una colección cuya existencia desconocía –Tannous, al ver que no decía nada, arqueó una ceja–. Duda de mi palabra.

–No estoy aquí para formular juicios, señor Tannous –repuso ella, que, por supuesto, dudaba.

–¿Alguna vez va a llamarme Khalis?

–Prefiero que las relaciones de trabajo sean lo más profesionales posible.

–¿Y llamarme por mi nombre de pila es demasiado íntimo? –su voz tenía un tono suave y seductor que provocaba cosquilleos a Grace. La irritaba el indeseado efecto que la voz, la sonrisa y el cuerpo de ese hombre tenían en ella.

–Íntimo no es la palabra que yo usaría. Pero si es tan importante para usted, estoy dispuesta a llamarlo Khalis –su lengua pareció enredarse en el nombre. Grace sabía que estaba quedando como una tonta pero, aun así, captó un destello de fuego plateado en los ojos de él cuando la oyó decirlo.

La atracción, el magnetismo, lo que fuera que estaba sintiendo, él lo sentía también. Pero daba igual. Para ella la atracción equivalía a un suicidio.

–¿Puedo ver las pinturas? –preguntó.

–Desde luego. Tal vez eso aclare las cosas.

Khalis se levantó y fue hacia la puerta, sin mirarla siquiera. Grace, suponiendo que esperaba que lo siguiera, controló un pinchazo de irritación por su arrogancia. Pero casi chocó con él, que había parado para abrirle la puerta.

–Después de usted –sonrió él. Grace tuvo la incómoda sensación de que sabía lo que ella había pensado. Controlando el rubor, salió al pasillo.

–¿Adónde voy? –preguntó, lacónica. Notaba a Khalis andando tras ella, oía el susurro de su ropa. Todo en él era elegante, grácil, sinuoso. Sexy.

«No». No podía, se negaba a pensar así. Hacía cuatro años que no miraba a un hombre de forma romántica o sexual. Se había adiestrado para no hacerlo, suprimiendo todo deseo por necesidad. Un mal paso le costaría, si no su vida, sí su alma. Era una locura sentir algo, y sobre todo por alguien como Khalis Tannous, que se había convertido en dueño de un imperio terrible y corrupto, un hombre en el que nunca podría confiar.

Instintivamente, apresuró el paso, como si pudiera distanciarse de él.

–Gire a la derecha –murmuró él con un tono de humor–. Impresiona su habilidad con esos tacones tan altos, señorita Turner. Pero no es una carrera.

Grace no contestó, pero se obligó a bajar el ritmo un poco. Giró y siguió caminando. Las ventanas daban a otro lado del patio interior.

–Y ahora la izquierda –dijo él, con una voz tan suave que a Grace se le erizó el vello de la nuca.

Estaba demasiado cerca de ella. Giró y se encontró ante un ascensor con puertas de acero y un complejo teclado de seguridad. Khalis lo desactivó con una huella dactilar y tecleando un código de números. Grace desvió la mirada.

–Tendré que darle acceso –dijo él–, dado que los cuadros tendrán que quedarse en el sótano.

–Sinceramente, señor Tannous...

–Khalis.

–No sé qué se podrá hacer aquí –siguió Grace, sin inmutarse–. La mayoría de las valoraciones requieren un laboratorio con el equipo adecuado...

–Por lo visto mi padre pensaba igual, señorita Turner

–Khalis sonrió con amargura–. Creo que encontrará el equipo y las herramientas necesarias.

Las puertas del ascensor se abrieron y Khalis la hizo entrar. Cuando se cerraron de nuevo, Grace sintió una súbita claustrofobia. El ascensor era amplio y solo estaban ellos dos, pero tenía la sensación de que no podía respirar. Ni pensar. Era consciente de Khalis a su lado, relajado y suelto, y del ascensor que se hundía bajo tierra. Se sentía atrapada y tentada, dos cosas que odiaba sentir.

–Solo unos segundos más –dijo Khalis, captando cómo se sentía.

A Grace, experta en ocultar sus emociones, la asombraba y alarmaba que un desconocido la leyera tan bien, tan rápido. Nunca le había pasado.

Las puertas se abrieron y él estiró el brazo, cediéndole el paso. Grace salió a un pasillo de suelo y paredes de cemento, iguales que los de cualquier sótano. A la derecha vio una gruesa puerta de acero apoyada en la pared. La cámara acorazada de Balkri Tannous. El corazón se le aceleró con una mezcla de excitación y miedo.

–Aquí estamos –Khalis encendió la luz.

Grace vio que el interior de la cámara estaba decorado como una sala de estar. Entró. Fue casi demasiado para ella. Los cuadros competían por espacio en todas las paredes. Reconoció al menos una docena de cuadros robados a primera vista: Klimt, Monet, Picasso. Millones y millones de dólares en arte robado. Soltó el aire de golpe.

–No soy ningún experto –Khalis se rio–, pero hasta yo me di cuenta de que esto era algo grande.

Ella se detuvo ante un Picasso que hacía veinte años que no veía un museo. No era experta en arte contemporáneo pero, por la geometría y los tonos de azul, dudaba que fuera una falsificación.

–¿Por qué pidió una experta en Renacimiento? Aquí hay cuadros de todas las épocas.

–Cierto –admitió Khalis. Se situó a su lado y contempló el Picasso–. Aunque, la verdad, ese parece algo que mi ahijada de cinco años podría pintar en la guardería.

–Si Picasso le oyera se revolvería en su tumba.

–Bueno, es una niña muy lista.

Grace soltó una risita, sorprendiéndose. Rara vez permitía que un hombre le hiciera reír.

–¿Su ahijada vive en California?

–Sí, es la hija de uno de mis accionistas.

–Puede que sea lista, pero cualquier historiador de arte se horrorizaría al oírle comparar a Picasso y a una niña con su caja de pinturas de dedo.

–Ah, no, ella tiene pincel.

–Puede que algún día sea famosa –Grace volvió a reírse. Se dio media vuelta y el corazón le dio un vuelco al comprobar lo cerca que estaba él. Su rostro, sus labios, estaban a unos centímetros. Veía su carnosidad y la asombraba que un hombre tan viril pudiera tener unos labios tan deseables, tan sexys. Rechazó la sensación–. ¿Por qué yo? ¿Por qué una especialista en el Renacimiento?

–Por estos cuadros –tomó su mano.

Ella recibió una descarga eléctrica que cortocircuitó sus sentidos; retiró la mano de un tirón y soltó un gemido. Khalis se detuvo y arqueó una ceja. Grace sabía que su reacción había sido desorbitada. Pero explicarlo no sería fácil, así que decidió ignorar el episodio.

–Muéstremelos, por favor –alzó la barbilla.

–Bien –la lanzó un mirada pensativa y la condujo a una puerta que había al fondo de la sala. La abrió y encendió la luz antes de entrar.

La habitación, pequeña y redonda, daba la sensación de ser el interior de una torre o de una capilla. Grace solo vio dos cuadros en las paredes, pero se quedó sin aire en los pulmones.

–¿Qué...? –se acercó y miró los paneles de madera y sus gruesas pinceladas de pintura al óleo–. ¿Sabe lo que son? –susurró.

–No exactamente –dijo Khalis–, pero esta claro que mi ahijada no podría pintarlos.

–No –Grace sonrió y movió la cabeza. Se acercó más–. Leonardo da Vinci.

–Sí, es bastante famoso ¿no?

–Sí, bastante –su sonrisa se amplió. No había esperado que Khalis Tannous la divirtiera–. Pero podrían ser falsificaciones, ya lo sabe.

–Dudo que lo sean –contestó Khalis–. Sencillamente porque tienen su propia sala –hizo una pausa–. Y a mi padre no le gustaba que lo engañaran.

–Las falsificaciones pueden tener una calidad excepcional –apuntó Grace–. Y mucho valor...

–Mi padre –cortó Khalis–, solo tenía lo mejor.

Ella volvió a mirar las obras, absorbiéndolas. Si fueran reales... ¿Cuánta gente las había visto?

–¿Cómo las encontró?

–No tengo ni idea. Y no quiero saberlo.

–No son robadas, al menos de un museo. Nunca han estado en uno.

–Entonces son muy especiales, ¿no?

–Podría decirse eso –ella soltó una risita y movió la cabeza. Dos obras originales de Leonardo nunca vistas en un museo. De cuya existencia solo había rumores–. Si son auténticas, serían el mayor hallazgo del último siglo en el mundo del arte.

–Lo sospechaba –Khalis suspiró intensamente, como

si la noticia lo decepcionara. Apagó la luz–. Podrá examinarlas más adelante. Pero ahora creo que los dos nos merecemos otra cosa.

–¿Otra? –Grace tenía la mente en otro sitio.

–Cenar, señorita Turner. Me muero de hambre –con una sonrisa casi lobuna la condujo fuera de la cámara.

Capítulo 3

GRACE paseaba por el suntuoso dormitorio al que Eric la había llevado, con la mente aún desbocada por lo visto en el cámara. Anhelaba llamar a Michel, pero había descubierto que su teléfono móvil no tenía cobertura. Se preguntaba si sería intencional; suponía que Balkri Tannous no había querido que sus invitados tuvieran contacto con el mundo exterior. Pero, ¿y Khalis?

Pensó, no por primera vez, que apenas sabía nada de ese hombre. Michel le había dado detalles mínimos: era el hijo menor de Balkri Tannous; había estudiado en Cambridge, había abandonado a la familia a los veintiún años para establecerse en Estados Unidos. Pero, ¿aparte de eso?

Sabía que era guapo, carismático y arrogante. Sabía que estar cerca de él le aceleraba el corazón. Sabía que su olor y su calor le provocaban mareos. Y le había hecho reír.

Atónita por la naturaleza de sus pensamientos, Grace sacudió la cabeza como si eso pudiera borrar sus pensamientos. No podía sentirse atraída por ese hombre. E incluso si su cuerpo insistía en traicionarla, su mente y su corazón no lo harían.

Eso no volvería a ocurrir.

Inspiró profundamente, buscando la calma. Lo que no sabía era si la realidad de un imperio de miles de millones de dólares le provocaría a Khalis Tannous hambre de poder. Si ver millones de dólares de arte lo volvería avaricioso. No sabía si podía confiar en él.

Había visto cómo la riqueza y el poder convertían a un hombre en alguien a quien apenas reconocía. Encantador externamente, y Khalis lo era, pero también egoísta y cruel. ¿Se volvería Khalis como su exmarido?

Con un pinchazo de pánico, Grace se preguntó por qué estaba comparando a Khalis y a su exmarido. Khalis era su cliente, nada más.

Inspiró de nuevo. Necesitaba pensar de forma racional y no dejarse llevar por las emociones, los recuerdos y los miedos. Se trataba de otra isla y de otro hombre. Y ella también era otra: más fuerte, más dura y más sabia. Aunque hubiera podido, no estaba dispuesta a enredarse con nadie.

Se sentó y sacó una libreta. Tomaría notas, manejaría ese trabajo como cualquier otro. No pensaría en Khalis en bañador, ni en las líneas esculpidas de su pecho y sus hombros. No recordaría que le había hecho sonreír y aligerado su corazón. Y no se preguntaría si podía acabar como su padre o como su exmarido, corrompido por el poder y arruinado por la riqueza. No le importaba. En unos días se alejaría de esa maldita isla y de su dueño.

Grace Turner. Khalis miró la tarjeta que le había dado. Solo incluía su título, el nombre de su empresa y el número de teléfono. De forma inconsciente, se la llevó a los labios, casi como si quisiera captar su aroma en el papel.

Grace Turner lo intrigaba en muchos sentidos. En primer lugar, era una mujer bellísima. Tenía el cabello rubio miel y ojos color chocolate, una combinación inusual y atractiva. Sus pestañas, oscuras y espesas, descendían a menudo para ocultar sus emociones.

Tenía curvas generosas y piernas interminables, que ocultaba bajo un traje que sin duda pretendía ser profesional. Pero Khalis nunca había visto una blusa de seda blanca y una falda recta de pata de gallo tan sexys. A pesar de los altísimos tacones, dudaba que ella pretendiera parecer sexy. Parecía llevar «no me toques» tatuado en la frente.

Él, en cambio, deseaba tocarla desde que esas fantásticas piernas habían entrado en su campo de visión, cuando nadaba. No había podido resistirse a tomar su mano en la cámara, y creía que la reacción de ella los había sorprendido a ambos.

Sin duda, era una mujer con secretos. Percibía su tensión, incluso su miedo. Algo de la isla, de él, la ponía nerviosa. No podía culparla; desde el exterior isla Alhaja parecía una prisión. Y él era un desconocido, hijo de un hombre con reputación de despiadado. Sin embargo, creía que el miedo de ella se debía a algo más. Algo que Khalis sospechaba la tenía atrapada desde hacía tiempo.

O tal vez estuviera proyectando sus propias emociones en la misteriosa mujer. Él también tenía miedo. Odiaba estar de vuelta en Alhaja, odiaba los recuerdos que afloraban a su mente.

«Acostúmbrate, Khalis. Así es como se hace».

«No me dejes aquí, Khalis».

«Volveré... te lo prometo».

Se levantó de la silla con brusquedad y paseó por el despacho, inquieto. Había borrado esas voces de su mente durante quince años, pero habían vuelto a ator-

mentarlo desde que había puesto el pie en la isla. Eric
le había sugerido que estableciera su base en cualquier
otra de las ciudades en las que su padre tenía despacho,
pero Khalis se había negado. Había huido de esa isla
una vez y no iba a hacerlo de nuevo.

La enigmática y atractiva Grace Turner lo distraería
de la agonía de sus pensamientos.

–¿Khalis? –dijo Eric desde el umbral–. La cena está
servida.

–Gracias –Khalis metió la tarjeta de Grace en el bolsillo interior de la chaqueta gris que se había puesto.
Sintió un agradable cosquilleo de excitación por la idea
de ver a la fascinante señorita Turner y desechó sus oscuros recuerdos.

Había pedido que sirvieran la cena en una terraza
privada del patio interior del complejo. La luz de las antorchas proporcionaba un ambiente muy íntimo. Grace
no había llegado aún y se tomó la libertad de servir dos
copas de vino. Segundos después oyó sus tacones. Se
volvió, sonriente.

–Señorita Turner.

–Si insiste en que lo llame Khalis, tendrá que llamarme Grace.

–Gracias... Grace –inclinó la cabeza, más contento
por su concesión de lo que debería.

A la luz de las antorchas, estaba magnífica. Había
mantenido el moño de aspecto profesional, pero había cambiado el traje por una sencilla túnica de seda
marrón chocolate. En otra mujer podría haber parecido
un saco de patatas, pero en el caso de Grace, se pegaba
a sus curvas y relucía con cada movimiento. Él sospe-
chó que había elegido el vestido por su modestia, y que
no era consciente de que incrementaba su atractivo.
Llevó la mano a una de las copas.

–¿Vino?

–Gracias –aceptó ella tras un leve titubeo.

Saborearon el vino en silencio, envueltos por la suavidad de la noche. En la distancia se oía el susurro de las olas y, más cerca, el ruido del viento en las palmeras.

–Ofrecería un brindis, pero no parece una ocasión apropiada –dijo Khalis.

–No –Grace bajó la copa–. Debe comprender, señor Tannous...

–Khalis.

–Se me olvida todo el tiempo – rio suavemente.

–Creo que quieres olvidarlo –dijo él, pensando que no parecía una mujer acostumbrada a reírse.

–Como dije antes, prefiero mantener una relación profesional.

–Estamos en el siglo XXI, Grace. Tutear a alguien no supone una invitación a la intimidad.

–En la mayoría de los círculos –concedió ella, intrigándolo más aún–. En cualquier caso, lo que quería decir es que estoy segura de que sabes que la mayoría de lo que contiene esa cámara ha sido robado de museos de todo el mundo.

–Lo sé, por eso quería que fuera evaluado y asegurarme de que no hay falsificaciones.

–¿Y después?

Él tomó un sorbo de vino y la miró, divertido.

–Después voy a venderlo en el mercado negro, por supuesto. Y a deshacerme de ti.

–Si es una broma, no tiene gracia –apretó los labios y estrechó los ojos.

–¿Si es? –la miró fijamente–. Dios mío, ¿en serio crees que eso es una posibilidad? ¿Por qué clase de hombre me tomas?

–No lo conozco, señor Tannous –se ruborizó levemente–. Solo sé lo que he oído de su padre...

–No me parezco nada a mi padre –protestó él, odiando la implicación. Llevaba toda la vida intentando probar que era distinto, que no tenía nada de su padre. El precio que había pagado había sido alto, tal vez demasiado, pero ya estaba hecho, no quería mirar atrás. Se obligó a sonreír–. Créeme, no hay ni una remota posibilidad de eso.

–No creía que la hubiera –contestó ella, áspera–. Pero es algo que tal vez habría hecho tu padre.

Algo se revolvió dentro de Khalis, pero no supo si era ira, pesar o culpabilidad.

–Mi padre no era un asesino –dijo, ecuánime–. Al menos que yo sepa.

–Pero era un ladrón –comentó Grace.

–Y está muerto. No puedo pagar por sus crímenes, pero sí puedo arreglar algunas cosas.

–¿Es eso lo que estás haciendo con Empresas Tannous?

–Intentándolo –se tensó–. Me temo que es una tarea digna de Hércules.

–¿Por qué te la dejó a ti?

–Es una pregunta que me he hecho muchas veces, sin obtener respuesta. Mi hermano mayor era el heredero, pero falleció en el accidente.

–¿Y el resto de los accionistas?

–Son muy pocos, y tienen un porcentaje relativamente pequeño de acciones. Pero no están contentos de que mi padre me dejara el control.

–¿Qué crees que harán?

–¿Qué pueden hacer? –encogió los hombros–. De momento, esperan para ver cómo reacciono.

–Una fortuna como la que contiene esa cámara ten-

taría a hombres de menor valía, señor... Khalis –lo dijo
con voz suave, casi como si tuviera experiencia personal de una tentación de ese tipo.

A él le gustó oírle decir su nombre. Tal vez sí se
creara cierta intimidad al usar el nombre propio.

–Tengo mi propia fortuna, Grace. Pero gracias por
el cumplido.

–No pretendía serlo. Solo era un comentario –se dio
la vuelta y fue hacia el borde de la terraza.

A él le dio la impresión de que se sentía atrapada y
buscaba una salida. La zona estaba rodeada de espeso
e impenetrable follaje.

–Pareces algo tensa –comentó–. La verdad es que la
isla tiene el mismo efecto en mí, pero me gustaría tran-
quilizarte respecto a mis intenciones.

–¿Por qué no entregar la colección a la policía?

–¿En esta parte del mundo? –soltó una carcajada–.
Puede que mi padre estuviera corrupto, pero no era el
único. Tenía a la mitad de la policía local comiendo de
su mano.

–Claro –murmuró ella, asintiendo levemente.

–Te dejaré claras mis intenciones, Grace. Cuando hayas evaluado las obras, las Da Vinci en concreto, y me
asegures que son auténticas, pondré toda la colección en
manos de Axis para que se ocupen de devolverla al
Louvre, el Met o un diminuto museo de Oklahoma. Me
da igual.

–Hay procedimientos legales...

–No lo dudo –agitó la mano–. Y estoy seguro de
que tu empresa puede ocuparse de estas cosas y hacer que
cada obra vuelva al museo apropiado.

Ella giró la cabeza, mirándolo por encima del hombro, con los labios entreabiertos y los ojos enormes y
oscuros. Era una postura increíblemente sensual, aun-

que él dudaba de que lo supiera. Grace Turner lo fascinaba y atraía más que ninguna mujer en mucho tiempo. Deseaba besar esos labios tanto como deseaba verlos sonreír. Esa idea lo irritó, porque implicaba más que atracción física.

—Te lo dije antes, esos Leonardos nunca han estado en un museo.

—¿Por qué no?

—Nunca ha habido certeza de que existieran.

—¿Qué quieres decir?

—¿Reconoces el tema de los cuadros?

—Es algo de la mitología griega —rebuscó en su cerebro un momento—. *Leda y el cisne*, ¿no?

—Sí. ¿Conoces la historia?

—Vagamente. El cisne era Zeus, y se aprovechó de Leda, ¿no?

—Sí, la violó. Era un tema muy popular en los cuadros renacentistas, expresado con mucho erotismo —giró para ponerse de cara a él—. Se sabe que Leonardo da Vinci había pintado el primero de los cuadros de abajo, *Leda y el cisne*. Una escena romántica de estilo similar a otras del periodo, pero realizada por un maestro.

—¿Y nunca ha estado expuesta en un museo?

—No, se vio por última vez en Fontainebleau, en 1625. Los historiadores creen que fue destruida a propósito. Se sabe con certeza que resultó dañada, así que si es genuina, tu padre o un dueño previo la hicieron restaurar.

—Si no se ha visto en cuatrocientos años, ¿cómo se sabe qué aspecto tenía el cuadro?

—Copias, basadas en la primera copia realizada por un alumno de Leonardo. Seguramente podrías comprar un póster en la calle por diez libras.

—Lo que hay abajo no es un póster.

–No –lo miró con franqueza, con esos suaves y enormes ojos marrón oscuro.

La tristeza que ocultaban despertó el instinto protector de Khalis, que no sentía hacía años. No había querido sentirlo. Sin embargo, una mirada de Grace y volvía a él. Era inexplicable, pero quería cuidar de esa mujer.

–De hecho –siguió Grace–. Habría asumido que es una copia, si no fuera por el otro cuadro.

–El otro cuadro –repitió Khalis. Le estaba costando seguir la conversación por causa del efecto que Grace tenía en él. Un leve rubor coloreaba sus pómulos, haciendo que pareciera aún más guapa. Tomó un sorbo de vino para distraer a su libido, que empezaba a despertarse.

–Sí, los historiadores de arte creían que Leonardo no completó ese cuadro. Nunca ha pasado de ser un rumor, o un sueño –movió la cabeza lentamente, como si le costara creer lo que había visto–. Leda con los hijos de esa trágica unión. Helena y Pólux, Cástor y Clitemnestra –bajó los párpados y se dio la vuelta. Khalis supo que intentaba ocultar una profunda emoción.

–Si nunca lo completó –preguntó él–. ¿Cómo saben los historiadores que podría existir?

–Hizo varios estudios. Lo fascinaba el mito de Leda –seguía de espaldas a él, irradiando tensión.

Khalis controló el deseo de poner la mano en su hombro y atraerla, para besarla o reconfortarla con un abrazo. Quería hacer ambas cosas.

–Es uno de los pocos artistas que pensó en pintar a Leda así. Como madre y no como amante.

–Parece que la idea te emociona –comento él.

Ella jadeó, sorprendida, pero un segundo después, se volvió hacia él con una sonrisa fría.

–Claro que sí. Ya te he dicho que se trata de un descubrimiento importantísimo.

Khalis se limitó a observarla. En ese momento su rostro era una máscara que ocultaba las turbulentas emociones que bullían por su interior. Lo sabía porque él usaba la misma técnica a menudo. Pero su máscara llegaba más profundo, hasta el alma. Él no sentía nada, en cambio las emociones de Grace estaban cerca de la superficie, reflejándose en sus ojos, en el leve temblor de sus labios.

–No me refería al descubrimiento, sino al cuadro en sí. A esta Leda.

–No puedo evitar sentir lástima por ella –alzó un hombro levemente. Khalis siguió el movimiento y vio como el vestido se pegaba a la curva de su pecho. Ella al notar su mirada, estrechó los ojos–. Tenías hambre. ¿Cenamos?

–Desde luego –fue hacia la mesa y le apartó la silla. Mientras Grace se sentaba, Khalis captó el aroma de su perfume, o tal vez de su champú: dulce y limpio, a almendras. Se sentó frente a ella. Grace no había dicho o hecho nada que apagara su atracción; de hecho, la enigmática mezcla de fuerza y vulnerabilidad lo atraía aún más. Khalis se dijo que las emociones que provocaba en él se debían a lo vivido esa última semana. No era raro que se sintiera algo sensiblero. Eso pasaría..., incluso si su atracción por Grace se hacía mayor.

Grace se puso la servilleta en el regazo con dedos temblorosos. Le costaba creer lo nerviosa que estaba. No sabía si era la maldita isla, haber visto los cuadros, o la cercanía de Khalis Tannous. Probablemente, por desgracia, las tres cosas.

No podía negar que la capacidad que tenía él de intuir lo que pensaba y sentía, estaba arruinando su paz mental. Sus miradas le hacían sentirse consciente de su propio cuerpo, provocando una respuesta que ni le gustaba ni quería.

Deseo. Necesidad.

Llevaba mucho tiempo adiestrándose para no sentir esas cosas, pero él había derrumbado sus defensas en minutos. No podía permitírselo. Sabía que confiar en un hombre llevaba a la desesperación, al dolor de corazón, a la traición.

—Háblame de ti, Grace —pidió Khalis con voz suave y seductora como la seda. Rellenó su copa de vino, tras pedirle permiso con un gesto.

—¿Qué quieres saber?

—Todo —se recostó, sonriente, con la copa entre los dedos. Grace no pudo evitar admirar su pelo negro y los sorprendentes ojos gris verdoso, como ágatas. Él alzó una ceja, indicando que esperaba y ella, avergonzada por su examen, agarró la copa.

—Eso es mucho. Como dije, soy doctora en...

—No me refiero a tus cualificaciones profesionales —interrumpió él—. ¿De dónde eres?

—De Cambridge —contestó ella.

—¿Hiciste el doctorado en Cambridge?

—Sí, y la licenciatura.

—Debiste hacer una cosa tras la otra —musitó él—. No puedes tener más de treinta años.

—Tengo treinta y dos. Pero sí, fue todo seguido.

—¿Sabías que yo estudié en Cambridge? —ella asintió; en el avión había leído la información que Michel tenía de él—. Puede que coincidiéramos. Soy unos años mayor que tú, pero es posible.

Grace tenía la sensación de que si Khalis Tannous

hubiera estado a cincuenta kilómetros de ella, lo habría notado. O tal vez no, porque entonces había estado deslumbrada y cegada por otro alumno de Cambridge, su exmarido. Sintió un escalofrío al pensar que Khalis y Loukas podían haberse conocido, o incluso ser amigos. ¿Y si Loukas descubría que estaba allí? Aunque era un viaje de negocios, sabía cómo pensaba su exmarido. Sospecharía y podría negarle el acceso a Katerina.

−¿Grace? −la miró con preocupación−. Te has puesto blanca como una sábana en seis segundos.

−Disculpa −se excusó ella−. Estoy cansada del vuelo y no he comido nada desde el desayuno.

−Deja que te sirva −dijo Khalis. Justo entonces llegó una joven con una bandeja de comida.

Grace contempló a Khalis servirle cuscús, cordero y ensalada de pepino y yogur en el plato. Se dijo que era improbable que Khalis conociera a Loukas. Y, además, sería discreto respecto a la colección de arte de su padre. Como siempre, era pura paranoia. Pero tenía que estar siempre en guardia, porque su precioso y limitado acceso a su hija estaba por completo en manos de su exesposo.

−*Bon appétit* −dijo Khalis.

−Parece delicioso −Grace forzó una sonrisa.

−¿En serio? Porque estás mirando el plato como si fuera tu última comida.

−Una comida deliciosa, en cualquier caso −Grace apretó dos dedos en la frente; notaba el principio de uno de sus dolores de cabeza. Intentó sonreír−. Lo siento. Estoy cansada, nada más.

−¿Prefieres cenar en tu habitación?

−Estoy bien −afirmó Grace, que no quería admitir su debilidad. Se llevó un tenedor de cuscús a la boca y consiguió tragarlo. Percibía la mirada de Khalis sobre ella. Especulativa y conocedora.

–¿Has dicho que creciste en Cambridge, no? –preguntó él tras un largo silencio.

–Sí, mi padre era profesor en Trinity College.

–¿Era?

–Falleció hace seis años.

–Lo siento.

–Yo debería decirte lo mismo. Siento la pérdida de tu padre y de tu hermano.

–Gracias, pero eso es innecesario.

–Aunque estuvieras distanciado de ellos, es una pérdida –dijo Grace.

–Dejé a mi familia hace quince años, Grace. Estaban muertos para mí. Ya pasé el luto entonces –lo dijo con voz neutra, pero Grace captó la gélida dureza que había por debajo. Con un hombre como Khalis no había segundas oportunidades.

–¿No les echaste de menos? ¿En esa época?

–No –sentenció él.

–¿Te gusta vivir en Estados Unidos? –preguntó ella con afabilidad.

–Sí.

–¿Por qué elegiste vivir allí?

–Porque estaba lejos.

Por lo visto, no había preguntas inocuas. Comieron en silencio, acompañados por el susurro de las olas y el viento. Grace pensó que podría apreciar la belleza de la isla si no hubiera muros. Pero los había, y sabía que poder salir de allí requería permiso de otra persona. Esa idea hizo que un intenso pinchazo de dolor le atravesara el cráneo. Aferró el tenedor y Khalis lo notó.

–¿Grace?

–¿Creciste aquí? –preguntó ella bruscamente–. ¿Tras esos muros?

–En vacaciones –dijo él, mirándola pensativo–. Fui a un internado, en Inglaterra, con siete años.

–Siete –murmuró ella–. Eso tuvo que ser duro.

–Supongo que echaba de menos a mis padres, pero entonces aún no sabía lo bastante de ellos.

–¿Qué quieres decir?

–Sin duda sabrás que mi padre no era un hombre admirable. De niño, yo no lo sabía, y por eso lo echaba de menos –explicó él con voz plana.

Grace sintió tristeza y curiosidad. Se preguntó cuándo se había desilusionado Khalis respecto a su padre. Por lo visto, pensaba que conocer los fallos de un ser querido, el amor llegaba a su fin.

–¿Y tu madre?

–Murió cuando yo tenía diez años –repuso Khalis–. No la recuerdo mucho.

–¿En serio? –Grace no ocultó su sorpresa–. Mi madre murió cuando yo tenía trece y recuerdo muchísimo –recordaba el olor de su crema de manos, las suavidad de su cabello, las nanas que cantaba. También recordaba lo polvorienta y vacía que le había parecido la casa tras su muerte.

–Fue hace mucho tiempo –dijo Khalis. Aunque cordial, su tono indicó que no quería seguir con ese tema. Grace pensó que parecía que no quisiera recordar a su madre... ni a nadie del pasado.

Siento un irracional deseo de conocer a ese hombre; tenía la certeza de que escondía secretos. Dolor. A pesar del tono ligero y la sonrisa fácil, Grace percibía una oscuridad y una dureza en él que la atraía y repelía a un tiempo. No podía permitirse sentir atracción por ningún hombre, y menos por uno como Khalis. Sin embargo, contemplando sus ojos gris verdoso, sintió una espiral de deseo despertarse en su vientre, a pesar del lacerante dolor de cabeza. Era apropiado: dolor y placer, tentación y tortura. Siempre iban en pareja. Decidió volver a hablar de trabajo.

–Mañana me gustaría ver el equipo que mencionaste –dijo–. Cuanto antes pueda evaluar si los Leonardos son genuinos, mejor.

–¿En serio lo dudas?

–Mi trabajo es dudarlo. Necesito probar que son auténticos, no probar que son falsificaciones.

–Fascinante –murmuró Khalis–. La búsqueda de la verdad. ¿Qué te atrajo de esta profesión?

–Mi padre era profesor de historia antigua. Crecí rodeada de antigüedades y pasé casi toda mi infancia en museos, exceptuando una breve fase de pasión por los caballos, en la que solo quería montar –sonrió–. El museo Fitzwilliam de Cambridge era como mi segundo hogar.

–¿De tal padre tal hija?

–A veces –lo miró a los ojos y sintió que su mirada gris verdosa la atrapaba. Despertaba en ella algo que había suprimido durante tanto tiempo que no recordaba poseerlo: el anhelo de ser entendida, conocida. Y en el reflejo de esos ojos ágata veía un tormento de emociones: tristeza, ira, e incluso desesperanza. Pero tal vez no estaba haciendo más que mirarse en un espejo. El dolor de cabeza se hizo tan intenso que deseó cerrar los ojos.

–Tienes que tomar postre –dijo él–. Pastas de sésamo y almendra, una especialidad tunecina.

La joven llegó con un plato de pastas y una bandeja de plata con café y tazas.

Grace probó la pasta, pero no pudo con el café. El dolor de cabeza era insoportable, y sabía que si no se tumbaba en la oscuridad, estaría incapacitada durante horas, o incluso días. Sufría de migrañas con regularidad, desde el divorcio.

–Lo siento, pero estoy muy cansada. Creo que necesito irme a la cama.

–Por supuesto –Khalis se levantó, preocupado–. Tienes mal aspecto. ¿Te duele la cabeza?

Grace asintió. Veía puntos negros y se levantó con cuidado, como si fuera a romperse.

–Ven –Khalis tomó su mano y puso el otro brazo sobre su hombro, guiándola.

–Lo siento –murmuró ella.

–Tendrías que haberlo dicho.

–Empezó de repente.

–¿Qué necesitas?

–Tumbarme... en la oscuridad...

–Claro, lo entiendo –para sorpresa de Grace, la alzó en brazos–. Disculpa la familiaridad, pero esto es más rápido y fácil.

Grace no dijo nada. La sorpresa y el dolor la habían dejado muda. No tenía ni fuerza ni voluntad para rechazarlo. Se sentía demasiado bien en sus brazos, con la mejilla apoyada en su fuerte y cálido torso. Hacía muchísimo que no estaba tan cerca físicamente de alguien, que no se sentía cuidada. Sabía que no era bueno pero, instintivamente, se acurrucó más y cerró los ojos. El dolor le impedía pensar y hablar.

Oyó una puerta abrirse y notó que Khalis la dejaba sobre un edredón. Se marchó y ella se sintió ridículamente abandonada. Pero él volvió minutos después con un paño húmedo y frío, que le puso sobre la frente. Grace gimió de alivio.

–¿Podrás tragarte esto? –le puso dos pastillas en la mano. Grace asintió.

–¿Qué son?

–Paracetamol, no tengo nada más fuerte.

Le dio un vaso de agua y, a pesar del lacerante dolor,

ella consiguió tragar las pastillas. Después apoyó la cabeza, agotada. Ni siquiera tenía fuerza para avergonzarse de que Khalis la viera tan débil y vulnerable. Notó que él le quitaba los zapatos y masajeaba las plantas de sus pies con los pulgares. Era una sensación maravillosa y relajante, que parecía vencer a la migraña. No se habría movido aunque tuviera fuerza para hacerlo.

Debió de quedarse dormida, porque lo último que sintió hasta la mañana siguiente fue a Khalis masajeando sus pies, con gentileza y seguridad.

Capítulo 4

GRACE se despertó con la luz del sol que entraba entre las cortinas, sintiéndose mucho mejor. Abrió los ojos y se estiró. Sintió una mezcla de alivio y decepción al ver que Khalis no estaba allí.

Por supuesto que no estaba. Era por la mañana. Recordaba cómo le había masajeado los pies y la ternura con la que la había cuidado. Grace odiaba sentirse débil o vulnerable. Y odiaba la idea de que Khalis la hubiera visto así y pudiera utilizarlo en su provecho de alguna manera.

«Olvídalo», se dijo. «Olvida a Khalis y lo bien que te hizo sentir». Se encontró mejor después de ducharse y vestirse con unos pantalones negros y una camiseta entallada de color blanco. Se puso una cantidad mínima de maquillaje de tono neutro, se hizo una cola de caballo y agarró su maletín. Así tenía que ser con Khalis, con cualquier hombre: profesional, fuerte y controlada. No débil ni necesitada.

Eric, el ayudante de Khalis, la esperaba cuando bajó la escalera. Llevaba pantalones cortos y una camiseta que rezaba *Trabajo en Silicon Valley. Pero si te dijera más tendría que matarte.*

Grace recordó su frase del día anterior. «Si es una broma...». Tenía que haber parecido ridícula.

–Señorita Turner –la saludó Eric, sonriente–, ¿puedo llevarla a la sala de desayunos?

–Gracias –sintió curiosidad y preguntó–. ¿Conoció al señor Tannous en California?

–¿Cómo lo ha sabido? –sonrió él.

–Tal vez por el pelo –rio ella. Lo tenía rubio y quemado por el sol–. ¿Hace mucho que lo conoce?

–Desde que se trasladó allí, hace quince años. Llevo con su empresa desde el principio. Él tenía buenas ideas y a mí se me da muy bien la administración.

–¿Sabía lo de su familia?

–En California casi todo el mundo está volviendo a empezar –dijo Eric tras un titubeo. Afable pero terminante, igual que Khalis–. Aquí estamos –dijo cuando llegaron a una agradable habitación de la parte trasera del edificio.

Khalis ya estaba sentado a la mesa, bebiendo café y leyendo el periódico en su tableta digital. Alzó la cabeza al verla entrar y sonrió. Ella se sonrojó al recordar cómo la había sujetado la noche anterior, cómo había masajeado sus pies. Y cuánto lo había disfrutado ella.

–Tienes aspecto de encontrarte mejor.

–Sí, gracias. Te pido disculpas por lo de anoche –Grace se sentó y se sirvió café.

–¿Por qué tendrías que disculparte?

–Estaba incapacitada... –añadió leche al café.

–Sentías dolor –dijo él con firmeza. Grace alzó la cabeza y se encontró con esa mirada gris verdosa cargada de comprensión. Casi le daban ganas de contarle cosas. Removió el café.

–Aun así, estoy aquí para realizar una tarea...

–Y yo estoy seguro de que hoy la realizarás de forma admirable. ¿Cuál es el plan exactamente?

Grace sintió un gran alivio al comprender que él iba a dejar de lado el tema de la noche anterior.

–Primero tendré que catalogar todas las obras de la cámara y cotejarlas con el Registro de Arte Desaparecido. De momento, apartaré las que figuren como robadas. Habrá que contactar con los expertos de los museos afectados y con...

–Preferiría no contactar con nadie hasta que sepamos exactamente lo que tenemos entre manos.

Grace sintió un escalofrío de inquietud. No creía que Khalis pretendiera quedarse con los cuadros, pero seguía sin fiarse de él.

–¿Y eso por qué?

–Porque me gustaría controlar la tormenta informativa que se desatará cuando se descubra que mi padre tenía cuadros robados, en la medida de lo posible –dijo él–. No me gusta la publicidad.

–A mí tampoco.

–Sin embargo, serás mencionada en todos los artículos que se escriban –reflexionó él.

–Se mencionará a Aseguradores de Arte Axis –contestó Grace–. No a mí. Ese ha sido siempre nuestro acuerdo.

–Entonces no hay duda de que te disgusta la publicidad –la miró por encima de la taza de café–. Así que aprobarás mi decisión de esperar un poco antes de entrar en contacto con fuentes exteriores.

–Es algo que podría comprometer mi posición.

–¿Tienes alguna objeción moral?

Ella se mordió el labio. En realidad no la tenía, si confiaba en que él notificaría a las autoridades competentes y entregaría las obras. Y, por lógica, lo haría. No tenía razones para creer lo contrario.

Pero una vez había creído a un hombre. Había confiado en sus promesas. Había permitido que la condujera a la cautividad y la desesperación. Sus músculos se tensaron con el recuerdo. Sintió un pinchazo de dolor, la migraña se despertaba. «Khalis Tannous no es tu exmarido. Ni se aproxima. Solo tenéis una relación profesional».

–Sigues sin fiarte–musitó Khalis–. Dudas que vaya a actuar correctamente con la colección.

Grace no iba a admitir que no se trataba del arte. Que era algo más profundo y oscuro que ni siquiera entendía. Ese hombre era un desconocido.

–Ni siquiera te conozco –dijo, ecuánime.

–Si quisiera quedarme los cuadros o venderlos en el mercado negro, contratar a tu empresa habría sido lo más idiota que podía hacer –observó Khalis–. Tu desconfianza es ridícula, Grace.

Ella lo sabía. Y sabía que sus intenciones tenían que ser legítimas. Pero no podía controlar ese instinto que le recordaba lo que era sentirse como uno de esos cuadros de la cámara acorazada. Adorada y escondida, para que nadie la viera. Había sido una vida triste, igual que la de Leda. E influía en cómo reaccionaba ante ese hombre.

–Puede que a ti te parezca ridícula –dijo con voz tensa-, pero mi experiencia justifica mi falta de confianza.

–¿Experiencia profesional? ¿O personal?

–Ambas –dijo ella, untando mantequilla en una tostada. Khalis guardó silencio un largo rato.

Ella supo que había dicho demasiado. Pero en realidad daba igual. Solo hacía falta una búsqueda en Internet para conocer su historia, o parte de ella. Tal vez Khalis ya la conociera, aunque su expresión despreocupada sugería lo contrario.

–¿Qué harás después de catalogar los cuadros y cotejarlos con el registro? –preguntó él finalmente.

–Realizar pruebas preliminares en los que no provengan de ningún museo. Imagino que tu padre no tendría documentos sobre las obras, ¿verdad?

–Lo dudo.

–La mayoría de los cuadros de valor tienen certificado de autenticidad. Es casi imposible vender una obra sin entregarlo.

–¿Crees que mi padre debería tenerlos?

–De las que no sean robadas, sí. Obviamente, los certificados de las obras robadas siguen en los museos correspondientes. En realidad, habría que llamar a una autoridad legal. La Interpol, o el departamento de Arte del FBI...

–No –dijo él.

Su tono de voz dejó helada a Grace. Le recordó el tono implacable de Loukas cuando le había pedido ir a Atenas de compras. Un mísero viaje para comprar cosas a Katerina. No había dicho nada entonces, y tampoco lo hizo en ese momento. Tal vez no había cambiado tanto como creía.

–No estoy preparado para tener a agentes de la ley entrando y saliendo e investigándolo todo.

–Escondes algo –acusó ella, con voz ronca.

–Mi padre escondía muchas cosas –corrigió él–. Pretendo descubrirlas antes de invitar a la ley.

–¿Para decidir cuáles revelar y cuáles no?

–Voy a ser muy claro –con una mirada gélida, rodeó su muñeca con la mano–. No soy corrupto. No soy un criminal. No permitiré que Empresas Tannous siga realizando actividades ilegales. Pero tampoco voy a entregar las riendas a un montón de policías y burócratas que podrían estar tan interesados en llenarse los bolsillos como lo estaba mi padre. ¿Entendido?

–Suelta mi muñeca –dijo ella con frialdad. Khalis miró su mano como si lo sorprendiera estar tocándola. No había apretado ni le había hecho daño, pero ella tenía sensación de violencia.

–Lo siento –la soltó y, con un suspiro, se mesó el cabello–. Lo siento si te he asustado –Khalis la miró pensativo. Grace no dijo nada. No iba a explicarle su miedo ni a qué se debía–. Te han hecho daño, ¿verdad? Un hombre.

–Eso no es asunto tuyo –el shock la dejó tan helada que estuvo a punto de dejar caer la taza.

–Tienes razón. Te pido disculpas de nuevo –desvió la mirada. El silencio era electrizante–. Esas pruebas preliminares, ¿en qué consisten?

–Necesito ver qué instalaciones hay en el sótano. El arte, sobre todo el antiguo, requiere mucho cuidado. Unos minutos de exposición al sol podrían causar daños irreparables. Me gustaría analizar los pigmentos y usar fotografía infrarroja para ver qué bocetos hay bajo la pintura. Con el equipo adecuado, puedo averiguar la edad de los paneles. Es una buena forma de datar a los maestros europeos, que solían pintar sobre madera.

–Los dos de la sala de atrás están sobre madera.

–Sí.

–Interesante –movió la cabeza–. Fascinante, sí.

–A mí me lo parece, desde luego –dijo ella.

Khalis le sonrió y ella comprendió lo agradable que era que un hombre se interesara por su trabajo. Durante su matrimonio, Loukas había preferido que no hablara de su profesión, y menos aún que la practicara. Ella había aceptado por la paz marital, pero eso le había hecho mucho daño. Demasiado.

–Será mejor que te deje trabajar –dijo Khalis. Grace asintió y apartó el plato. Solo había comido media tostada, pero no tenía apetito.

–Eric te acompañará al sótano. Si necesitas algo, házmelo saber –con una sonrisa de despedida, Khalis agarró su tableta y salió de la habitación. Grace odió sentirse tan sola de repente.

Dedicó el resto del día al laborioso, pero gratificante trabajo de cotejar todas las obras con el Registro de Arte Desaparecido. Tal y como había sospechado, muchas eran robadas. Eso facilitaba mucho su trabajo de autenticación, pero la entristecía pensar que el público no había disfrutado de ellas, durante generaciones en algunos casos.

A mediodía, la joven que había servido la cena bajó con un plato de sándwiches y café.

—El señor Tannous dice que necesita comer —murmuró con inglés titubeante. Grace sintió una mezcla de gratitud y decepción por no verlo.

Se dijo que era una estúpida. La cena de la noche anterior había sido a modo de presentación, no había razón para que compartieran más comidas. Sin embargo, la entristeció un poco pensar que pasaría el día sola. Pero estaba acostumbrada a la soledad, así que volvió a concentrarse en la pantalla de su ordenador portátil.

Inmersa en su trabajo, perdió la noción del tiempo hasta que oyó un golpecito en la puerta del laboratorio, que estaba frente a la cámara. Alzó la vista y vio a Khalis en el umbral. Había cambiado los pantalones oscuros y la camisa de seda de esa mañana por un pantalón de surf y una camiseta que se pegaba a los músculos de su pecho.

—Llevas en ello ocho horas.

—¿En serio? —Grace parpadeó, sorprendida.

—Sí. Son las seis de la tarde.

—Estaba completamente absorta —movió la cabeza y sonrió. Fue incapaz de contener un escalofrío de placer por verlo.

–Eso parece. No sabía que la valoración artística fuera tan fascinante.

–He cotejado todas las obras con...

–No, nada de hablar de arte, robos o trabajo. Es hora de relajarse.

–¿Relajarse? –repitió ella, inquieta. Tanto Eric como Khalis parecían empeñados en el relax, pero ella no iba a bajar la guardia. La migraña de la noche anterior había sido más que suficiente. No iba a permitir que su cercanía la afectara.

–Sí, relajarse –dijo Khalis–. El sol se pondrá dentro de una hora, y antes quiero darme un baño.

–Por favor, no dejes que yo lo impida.

–Quiero que vengas conmigo –sonrió.

–Yo no... –el corazón se le había desbocado.

–¿Nadas? Podría enseñarte. Empezaremos nadando a perrito –imitó el movimiento y Grace no pudo evitar sonreír. Una vez más.

–Creo que conseguiré mantenerme a flote, gracias –no sabía por qué, pero él hacía que se sintiera ligera, feliz. Eso era tan peligroso y adictivo como la respuesta física de su cuerpo ante él. Negó con la cabeza–. Debería acabar esto...

–No es bueno trabajar sin descanso, sobre todo teniendo en cuenta tu migraña de anoche. He dejado que siguieras trabajando durante el almuerzo, pero ahora tienes que descansar.

–La mayoría de los empleadores no insisten en que sus trabajadores descansen.

–No me incluyo en esa mayoría. Además, no eres mi empleada. Soy tu cliente.

–Aun así...

–Cualquiera con sentido común sabe que la gente trabaja con más eficacia descansada y relajada. Al menos, en California lo saben –le ofreció una mano–. Ven, vamos.

Ella no debería tocar su mano. Ni debería ir a nadar. Ni siquiera tendría que querer ir a nadar, porque no quería volver a querer a nadie. El amor, la confianza, el deseo... eran parte del pasado.

Sin embargo, dijera lo que dijera su cerebro sobre seguridad, fuerza y control, su cuerpo e incluso su corazón, decían «Sí. Por favor».

–¿Tienes bañador?

Ella asintió. Había llevado uno, por si acaso.

–¿Y entonces? ¿Qué te detiene?

«Tú. Yo». La tentación física que suponía la idea de nadar con Khalis. Y aún más alarmante era la tentación emocional. El deseo de acercarse a ese hombre, de interesarse por él cuando no podía interesarse por nadie. Por encima de las restricciones impuestas por su exmarido, su corazón le imponía otras aún más estrictas.

–Grace –insistió él.

Ella extendió el brazo. Los dedos de él envolvieron su mano con fuerza y gentileza. La miró atentamente, como si quisiera comprobar que estaba bien. Grace tomó aire y asintió.

Khalis sintió una excitación triunfal cuando la llevó del sótano al sol y al aire fresco. Tenía la sensación de haber ganado una batalla, no contra ella, si no a su favor. La vulnerabilidad oculta de Grace lo atraía, lo llevaba a ofrecerle protección y placer. Había pasado gran parte del día pensando en ella, preguntándose qué hacía, pensaba y sentía. Preguntándose qué hombre le había hecho daño y cómo serían sus labios cuando la besara.

Hacía mucho que no tenía una relación, y aún más

desde que una mujer había despertado su instinto protector. En realidad, no había ocurrido nunca en un entorno romántico o sexual. La última mujer a la que había estado unido emocionalmente había sido su hermana: Jamilah.

«Y mira lo que ocurrió entonces».

Khalis rechazó el pensamiento. La isla y los recuerdos tenían la culpa de ese sentimentalismo.

«Y esta mujer».

Khalis se dijo que se le pasaría. Pronto dejaría Alhaja y volvería a su vida normal. Entretanto, Grace sería una distracción muy bienvenida.

Pero pensar en ella como una distracción era no darle importancia, desdeñarla, y no era el caso. Ella ya se había convertido en algo más. No sabía si sentir asombro, alarma o enfado. En ese momento, solo quería nadar un rato.

—Tengo que cambiarme —dijo ella en el vestíbulo, liberando su mano.

—¿Nos vemos en la piscina?

—De acuerdo.

Quince minutos después, una Grace rígida y cohibida llegó a la piscina. Él estaba sentado en el borde, con las piernas en el agua, disfrutando de los últimos rayos de sol. La miró en silencio. Su bañador era horroroso: negro y muy modesto, con escote alto y una faldita que cubría sus muslos. Parecía una abuela, una abuela muy sexy, eso sí. Era obvio que pretendía ocultar sus encantos, pero ni siquiera un bañador ridículo podía disminuir su atractivo. Sus largas y esbeltas piernas estaban a la vista, y sus generosas curvas seguían allí.

Ella se tensó bajo la inspección y alzó la barbilla con gesto orgulloso y defensivo. Él le ofreció la mano, pero ella fue hacia los escalones que bajaban a la parte poco profunda.

—El agua está templada —comentó él.

—Fantástico —probó el agua con el pie y bajó el primer escalón como si fuera una tortura.

—¿Has dicho fantástico? —ironizó él, divertido.

—Perdona. No estoy acostumbrada a esto.

—Dijiste que sabías nadar.

—A esto —dijo Grace impaciente, moviendo la mano entre él y ella.

Él lo sabía, por supuesto. También notaba la conexión, la energía que circulaba entre ellos. Y aunque a él lo alarmaba, tenía la sensación de que a ella la aterrorizaba. Se metió en el agua hasta la cintura y fue hacia ella. Se detuvo a unos pasos y la salpicó un poco. Ella parpadeó, atónita.

—¿Qué estás haciendo?

—Divertirme. ¿Tiene eso algo de malo?

—No —repuso ella, pero no parecía convencida. Volvió a salpicarla con suavidad. Para su alivio ella sonrió un poco y sus ojos destellaron.

Él esperó. La vio acariciar el agua con sus bonitos dedos, largos y delgados. Seguía con la vista fija en ellos cuando ella alzó la mano de repente y golpeó el agua con la palma, lanzándole una ola de agua que lo dejó empapado y parpadeante. Y riendo, porque no se lo había esperado. Se limpió el agua de la cara, sonriente.

—Te atrapé —dijo ella con una sonrisita trémula.

—Sí. Desde luego —su voz sonó ronca. Incluso con ese horrible bañador era infinitamente deseable. Y su sonrisa lo perdía. Dio un paso hacia ella, y otro, hasta que sintió el cosquilleo de su aliento. Luego se inclinó y la besó.

Fue un beso suave, un mero roce de su boca. Ella, temblorosa, no se apartó. Entreabrió los labios, pero a él no le pareció que fuera una rendición, sino más bien sorpresa. Curvó la mano sobre su mejilla, disfrutando de la textura satinada de su piel. No duró más de unos segundos, pero le pareció eterno. Y de repente, se acabó.

Con un jadeo, se apartó de él, mirándolo con ojos rebosantes de shock y enfado.

–Grace...

No tuvo oportunidad de decir más. Como si tuviera al diablo en los talones, salió de la piscina, resbaló en la loseta húmeda y clavó una rodilla en el suelo. Se levantó y corrió de vuelta a la casa.

Capítulo 5

ESTÚPIDA. Estúpida, estúpida idiota...»
La letanía de recriminaciones resonaba en su interior mientras Grace corría a la villa, subía las escaleras, entraba en su habitación y echaba el cerrojo, como si Khalis la estuviera persiguiendo.

Jadeando, se quitó el bañador, fue al cuarto de baño y abrió el grifo de la ducha.

Se preguntó qué la había llevado a ir a nadar. A salpicarlo. A flirtear. Cuando se había acercado a ella había sabido lo que pretendía hacer. En ese momento había querido que la besara. Y sentir sus labios y su mano en la mejilla había sido increíblemente maravilloso, hasta que el rostro de Katerina había aparecido ante sus ojos, recordándole cuánto tenía que perder.

Y no se trataba solo de Katerina. También estaba ella, su libertad, su alma. Su matrimonio con Loukas casi la había destrozado. Él había aplastado su identidad, consiguiendo que durante años se sintiera vacía, un número. Trabajar en Axis la había ayudado a restaurar parte de su identidad, pero aún se sentía como si en su vida hubiera silencios y vacíos donde otras personas tenían compañía y júbilo. Tal vez seguiría sintiéndose así mientras no tuviera a su hija. Pero se tendría a sí misma; mantendría su identidad, su independencia, su fuerza. No se las entregaría al primer hombre que la besara, por tierno que fuera.

Entró en la ducha y dejó que el agua caliente se llevara el recuerdo del tacto de Khalis. Sentía el dolor de ese interminable pozo de vacío y soledad al que se juraba haberse acostumbrado, que decía preferir. Sin embargo, había bastado un hombre, un leve beso, para que entendiera lo sola que estaba en realidad. Lo profundo de su infelicidad.

Tragó saliva, cerró el grifo y salió de la ducha. Trabajaría. El trabajo siempre ayudaba. Se vistió, se recogió el pelo húmedo en una coleta y bajó.

Eric le había dado una contraseña temporal para el sistema de seguridad del ascensor, y Grace la utilizó. No se encontró con Khalis.

Entró en el laboratorio que Balkri Tannous había montado para verificar la autenticidad de las obras de arte que adquiría en el mercado negro, fueran robadas o no. A Grace la había impresionado que el laboratorio contara con todo el equipo necesario para fotografía infrarroja, análisis de pigmentos, dendrocronología y muchas otras pruebas necesarias para autentificar una obra.

Abrió su ordenador portátil y miró el inventario que había hecho del contenido de la cámara; ya había cotejado la mayoría con el Registro de Arte Desaparecido. Tardaría una o dos horas más en acabar, y no tenía energía para hacerlo. Así que se levantó, fue a la cámara y se dirigió a la pequeña sala posterior. Encendió la luz y se sentó en el único sillón. Soltó el aire de golpe al mirar los paneles de madera pintada.

Había visto el primero, el de Leda y el cisne, muchas veces. No el original, sino buenas copias. Estaba segura de estar ante el original, pintado en tres paneles de madera. Los paneles se habían rajado, según documentos de hacía cuatrocientos años, pero habían sido cuidadosamente reparados. Las secciones de pintura dañadas habían sido restauradas, aunque Grace las percibía. Aun así, el cuadro era impresionante. Leda, desnuda y voluptuosa, inclinaba la cabeza con modestia virginal. Volvía el rostro, como si se resistiera a los avances del sinuoso cisne, pero sus labios se curvaban con una media sonrisa, reminiscente de la Mona Lisa. ¿Agradecía las atenciones de Zeus? ¿Sabía el dolor que la esperaba?

—Aquí estás.

Grace se tensó, aunque no la sorprendía que Khalis la hubiera encontrado. La intensa respuesta emocional que había sentido con su beso se había transformado en la familiar y segura resignación.

—¿Crees que parece feliz? —preguntó, señalando a Leda con la cabeza.

—Creo que no está segura de lo que siente, ni de lo que quiere —dijo Khalis, tras estudiar la pintura.

—No puedo tener ningún tipo de relación contigo —dijo Grace con voz queda, aun mirando la media sonrisa de Leda—. Ni siquiera un beso.

—¿No puedes o no la tendrás? —preguntó él, apoyando un hombro en el umbral.

—Las dos cosas.

—¿Por qué no?

—No es profesional tener relaciones con un cliente —inspiró profundamente.

—No te has ido de la piscina porque no fuera profesional —dijo Khalis, afable pero firme—. ¿Cómo está tu rodilla?

—Es mejor dejar el tema —a Grace le dolía la rodilla una barbaridad, pero no pensaba decirlo.

—Te sientes atraída por mí, Grace.

—No importa.

—¿Sigues sin confiar en mí? ¿Te doy miedo?

Ella dejó escapar un suspiro y se volvió hacia él. Estaba guapísimo con unos vaqueros desteñidos y una ajustada camiseta gris. Tenía el pelo negro revuelto y esbozaba media sonrisa, como Leda.

–No me das miedo –dijo ella, con certeza. Tal vez no confiara en él, pero no lo temía. Simplemente no quería darle el poder que tendría si le abría su cuerpo o su corazón. Y, por supuesto, estaba Katerina. Muchas razones para evitarlo.

–Entonces, ¿qué? Sé que te han hecho daño –dijo él. Ella soltó una risita triste. Sabía que él estaba haciéndose un dibujo de ella, como el que podría hacer su ahijada. Pero se equivocaba de pinturas.

–¿Y eso cómo lo sabes?

–Es evidente en todo lo que haces y dices.

–No lo es –se levantó de la silla, planteándose si corregir su imaginativa noción. Era cierto que la habían herido, pero no como él creía. No había sido una víctima inocente, por más que deseara que fuera el caso. Para su vergüenza, calló; no quería que la juzgara en vez de compadecerla, no quería desdén en vez de simpatía.

–¿Por qué no puedes tener una relación, Grace? –insistió Khalis–. Solo ha sido un beso –se colocó ante la puerta, impidiéndole el paso. Su rostro adquirió rasgos de dureza, aunque su cuerpo seguía relajado. Un hombre de contradicciones.

Grace se preguntó cuál era el hombre real, si el hombre sonriente y tierno que le había frotado los pies, o el hijo airado que se negaba a llorar la pérdida de su familia. O tal vez fuera los dos, mostrando una cara al mundo y escondiendo la otra, como hacía ella. Pero daba igual. No podía tener ninguna relación con Khalis Tannous, más allá de la meramente profesional.

–Es complicado, y no me apetece explicarlo –dijo ella–. Pero si has buscado en Internet, ya estarás al tanto de los detalles.

–¿Eso es una invitación?

–Es solo un dato –encogió los hombros.

–No te investigaría en Internet –aseveró él–. Preferiría oír la verdad de ti, que leer una página de cotilleo –al ver que ella no contestaba, suspiró.

–Debería volver al trabajo –dijo Grace, señalando con la cabeza la salida que él bloqueaba.

–Son más de las siete.

–Da igual. Si empiezo con las pruebas preliminares ahora, tendrás suficiente información para contactar con las autoridades en un día o dos.

–¿Es eso lo que quieres? –la miró casi con fiereza y ella anheló refugiarse en sus brazos, contárselo todo. Sentirse segura y deseada a la vez.

Era ridículo y peligroso. Hacer eso abriría la puerta a todo tipo de vergüenza y dolor, y no tardaría en dejar de sentirse segura y deseada.

–Claro que sí –dijo ella.

Él no se movió, así que al intentar pasar rozó su pecho con los senos. Todos los puntos de contacto parecieron chisporrotear. Alzó la mirada hacia él, lo que fue un error. Sus ojos destellaban de deseo y, durante un instante, ella creyó que volvería a besarla. La tomaría allí mismo, mientras Leda observaba con su media sonrisa. En ese momento no sería capaz de resistirse. Pero él se apartó.

Media hora después él le envió una bandeja con la cena. Había incluido una servilleta de lino blanco, cubiertos de plata e incluso una botella de vino y una copa de cristal. Su consideración le hacía daño a Grace. Esos pequeños gestos derrumbaban sus defensas; se preguntó si él sabía que hacía que sintiera miedo y necesidad al mismo tiempo.

Picoteó la comida en el estéril laboratorio, sintiéndose más sola que nunca y odiándose por ello. Después, apartó la bandeja y volvió al trabajo.

Al día siguiente no lo vio, aunque sintió su presencia. Cuando fue a desayunar había un periódico junto a su plato, abierto por la sección de Arte. Incluso había escrito una nota graciosa junto a uno de los editoriales, que le hizo sonreír. Desayunó sola y bajó de nuevo al sótano.

El trabajo le impidió pensar demasiado en él, aunque rondaba su mente. Pidió a Eric que la ayudara a trasladar los paneles al laboratorio y empezó con la dendrocronología de la madera. La joven, llamada Shayma, le llevó sándwiches y café a mediodía. En la bandeja también había un fino jarrón con un lirio de agua. Cuando Shayma se fue, Grace acarició los fragantes pétalos con los labios. Cerró los ojos, recordando cómo Loukas le había enviado rosas. La había emocionado, su padre acababa de fallecer y necesitaba atención y amor. Pasado el tiempo se había preguntado si las flores habían sido una muestra genuina de afecto o un truco de seducción. Ya no importaba, había aprendido la lección de la forma más dura. Por eso tenía que dejar de actuar como una tonta.

Trabajó el resto del día, hasta después de la cena, y luego subió directa a su habitación. Agotada e inquieta, se rindió al sueño.

El día siguiente repitió el patrón. Analizó los pigmentos de los dos Leonardos y comió lo que Shayma le bajaba. Y pensó en Khalis. Percibía su presencia en cada detalle, desde la diversidad de flores en su bandeja, al periódico que dejaba en la mesa del desayuno, a los sutiles cambios en el laboratorio: mejor iluminación y una silla más cómoda. Pero no lo veía, y lo echaba de menos.

Durante los últimos cuatro años, la soledad era un precio que había estado dispuesta a pagar por su libertad. Sin embargo, en unos días Khalis había despertado en ella el dulce anhelo de una intimidad que se había negado y casi olvidado.

Esa noche dejó el laboratorio en busca de aire fresco. Salió al patio por la puerta que había al fondo del vestíbulo de entrada. Se detuvo junto a la piscina vacía y un pinchazo de decepción le hizo comprender que había tenido la esperanza de verlo allí. Se había convencido de que necesitaba aire fresco, pero en realidad quería ver a Khalis.

Presionó las manos contra las sienes, buscando eliminar el deseo. «Piensa en lo que puedes perder. Tu hija. Los preciados momentos que pasas con ella. Un sábado al mes. Solo doce días al año».

Empezó a caminar por uno de los sinuosos senderos ajardinados, intentando dejar atrás sus pensamientos. Pero la perseguían. «Si dejas que se te acerque un hombre no solo perderás a tu hija, te perderás a ti misma. Khalis no puede ser tan distinto. Incluso si lo fuera... tú no».

Pero en ese momento añoraba ser distinta, poder vivir una relación de amor, generosidad e igualdad. Aunque existiera, no estaba a su alcance. No podía arriesgarse, por mucho que la tentara. No podía tirarlo todo por la borda por un beso, por una aventura. Se negaba a ser tan débil... de nuevo.

De repente, unas manos se posaron en sus hombros y ella soltó un gritito.

–Soy yo –Khalis apareció ante ella, sonriente bajo la luz de la luna.

–Me has asustado.

–Ya lo veo –la soltó y dio un paso atrás–. Estaba paseando y casi chocas conmigo.

–Lo siento.

–No pasa nada.

Se quedaron allí parados, a unos pasos de distancia que a Grace le parecían un abismo. Quería lanzarse a sus brazos y echar a correr al mismo tiempo. Era una esquizofrénica emocional. Cuanto antes se fuera de esa isla, mejor.

–¿Quieres pasear conmigo? –preguntó Khalis. Tras una leve pausa, ella asintió. El sendero era demasiado estrecho para dos, así que Khalis la dejó ir delante, sorteando el fragante follaje.

–¿Jugabas aquí fuera de pequeño?

–A veces –Khalis encogió los hombros.

–¿Con tu hermano?

–En realidad no. Con mi... –hizo una pausa de un segundo–. Con mi hermana.

–No sabía que tenías una hermana.

–Murió.

–Oh –Grace se volvió hacia él–. Así que toda tu familia ha muerto. Lo siento.

–La tuya también.

–Sí –se estremeció–. Pero debe de ser más difícil para ti, perder a los hermanos...

–Echo de menos a mi hermana –admitió Khalis, como si le costara–. No tuve oportunidad de despedirme de ella.

–¿Cómo murió?

–En un accidente de barco, en esta costa. Tenía diecinueve años –suspiró y metió las manos en los bolsi-

llos–. Iba a casarse. Una boda concertada por mi padre.
A ella no le gustaba el novio elegido.

Grace frunció el ceño, atando cabos y teniendo en
cuenta la amargura de la voz de Khalis.

–¿Crees que no fue... un accidente?

–No lo sé. Odio pensarlo, pero ella era muy testa-
ruda, y habría sido una forma de librarse del matrimonio.

–Una forma terrible.

–A veces la vida es terrible –dijo Khalis sombrío–.
A veces todas las opciones son malas.

–Sí –aceptó Grace–. Creo que eso es verdad.

–Nunca hablo de mi hermana. A nadie –esbozó una
sonrisa triste–. ¿Qué tienes, Grace, que consigues que
diga cosas que no diría a nadie?

–No lo sé –a Grace se le aceleró el corazón.

–¿Tú también lo sientes? –su voz sonó queda.

–Sí –musitó ella. Envuelta por la oscuridad del jar-
dín no pudo negarlo.

–Y eso te asusta.

–Ya te lo dije antes, no puedo...

–No me digas eso –protestó Khalis–. ¿Crees que esto
es fácil para mí y difícil para ti?

–No –sin embargo, se dio cuenta de que sí lo había
creído. Él parecía relajado y seguro, cómodo con la quí-
mica que había entre ellos. A ella en cambio la podían
los nervios, los recuerdos y el miedo. Dejó escapar una
risita–. Tal vez sea la isla.

–¿La isla?

–Es otro mundo, un lugar aparte de la realidad. Aquí
podemos decir y sentir lo que queramos.

–Pero no creo que sepas lo que quieres sentir.

–No me trates con condescendencia –protestó ella,
irritada.

–¿Acaso me equivoco?

–Ya te he explicado que... –tragó salvia.

–No me explicaste nada –suspiró y puso una mano en su hombro–. La vida no ha sido demasiado justa contigo, ¿verdad, Grace?

–La vida no es muy justa –dijo ella. La suposición de él y el contacto la habían tensado. Sentía su mano cálida y pesada, reconfortante.

–No –aceptó Khalis–. La vida no es nada justa. Creo que ambos lo aprendimos de la forma dura.

–Es posible –Grace se esforzaba por resistirse al deseo de apoyarse en él. Era como un imán.

–Y aquí estamos, dos personas totalmente solas en el mundo –murmuró él.

La emoción atenazó la garganta de Grace. Ese hombre le hacía sentir muchas cosas.

–Me siento sola –admitió, atragantándose casi–. Me siento sola todo el tiempo.

–Lo sé –dijo él. Le puso la otra mano en el hombro y la atrajo–. Yo también.

Ella descansó en el círculo de sus brazos un momento, saboreando la cercanía e inhalando su aroma fresco, sintiendo el calor de su cuerpo. Se sentía cómoda y segura. Sería muy fácil seguir allí, o incluso ladear la cabeza para que la besara. Fácil y muy peligroso. «Piensa en lo que puedes perder».

Se apartó de él con resolución, girando la cabeza para ocultarle la tormenta de necesidad que sin duda expresaba su rostro. Siguió por el sendero hasta que tuvo que detenerse ante un muro de piedra. El muro que rodeaba la villa, y la luna que se reflejaba en los trozos de cristal que la coronaban le recordaron que era una prisionera.

Con súbita furia, Grace golpeó la piedra con las manos, como si pudiera derrumbarla.

–Odio los muros –gritó con frustración, aunque sabía que era ridículo decirlo o pensarlo.

–Entonces, dejémoslos atrás –dijo Khalis extendiendo la mano hacia la suya. Demasiado sorprendida para resistirse, dejó que la condujera por otro sendero oscuro.

Poco después llegaron a una puerta en el muro, y Khalis tenía la llave. Grace lo observó desactivar la alarma, primero con su huella dactilar, después con un código numérico. La puerta se abrió.

El aire parecía más fresco y puro fuera. Khalis la llevó de la mano por un sendero que descendía. Grace oyó el estruendo de las olas y vio la playa de arena fina enclavada en una cala rocosa.

–Esto es mucho mejor –dijo.

–¿Por qué odias tanto los muros?

–¿A quién le gustan? –liberó su mano.

–Supongo que a nadie, pero en tu caso parece algo muy personal.

–Lo es. Solía vivir en una isla como esta. Privada, remota, con altos muros. No me gustaba.

–¿No podías irte?

–No fácilmente, no.

–¿Estás diciendo que eras una especie de prisionera? –preguntó él tras un largo silencio.

–En realidad no –suspiró–. No literalmente. Pero pueden aprisionarte otras cosas además de los muros –lo miró de medio lado–. Esperanzas. Miedos –hizo una pausa–. Errores. Recuerdos.

–Eso suena a psicología barata –dijo él con ligereza, aunque ella había notado que se tensaba.

–Probablemente lo sea –admitió ella–. pero, ¿puedes negar que esta isla te afecta?

–No. No puedo –aceptó él.

–¿Qué harás con este lugar? ¿Vivirás aquí?

–No, nunca –soltó una risotada–. Cuando acabe de revisar los bienes de mi padre, lo venderé.

–¿Piensas dirigir Empresas Tannous desde Estados Unidos?

–No pienso dirigir Empresas Tannous. Voy a desmantelarla y venderla por partes para que nadie vuelva a tener tanto poder.

–¿Venderla? Pensé que querías darle la vuelta. Redimirla –a la luz de la luna captó el brillo acerado de sus ojos, la tensión de su mandíbula.

–Algunas cosas no pueden redimirse.

–¿En serio crees eso? –ella sintió decepción–. A mí me gusta creer que sí. Que cualquier error puede ser perdonado, si no rectificado.

–Mi padre no está vivo para que lo perdone. Eso si quisiera hacerlo –afirmó Khalis.

–¿No quieres?

–¿Por qué iba a querer? ¿Sabes que clase de hombre era mi padre?

–Más o menos, pero...

–Shh –sonriente, Khalis la atrajo y puso un dedo en sus labios–. No te he traído a esta cala iluminada por la luna para hablar de mi padre.

–Podría decirte lo que he descubierto sobre los paneles –empezó Grace. Tenía el corazón desbocado porque la mirada de Khalis era inconfundible. Reflejaba su propio deseo.

–Tampoco te he traído para eso –rio él.

–¿Para qué, entonces?

–Para que me beses.

Ella lo miró boquiabierta y él trazó la curva de sus labios con la punta del dedo.

–Que te bese... –dejó escapar un suspiro.

–Tu reacción cuando te besé no fue la que esperaba –explicó Khalis–. Así que pensé que podríamos probarlo de la otra manera.

–¿Por qué crees que quiero besarte? –lo retó.

–¿Quieres?

Imposible mentir. La miraba con hambre, sin ocultar su deseo. Ella, en cambio, ocultaba demasiado, de él y de sí misma.

–Sí –musitó. Khalis esperó.

Grace tomó aire. Solo un beso. Un beso del que nadie sabría nada. Y luego volvería a su fuerza, independencia y seguridad. Lentamente, alzó la mano y tocó su mejilla. Dio un paso hacia él y rozó su pecho con los senos. Él la miraba.

Ella se acercó más, y cuando sus cuerpos entraron en contacto, notó la dureza de su erección. Y entonces lo besó.

Capítulo 6

S US LABIOS apenas rozaron los de él, y Khalis se mantuvo inmóvil. Grace supo que estaba cediéndole el control del beso. Cerró los ojos, disfrutando de la sensación. Sabía a menta y whisky, una combinación muy sensual. Tenía los labios suaves pero firmes. Deliciosos.

Con suavidad, pasó la lengua por sus labios, tentativa. Él se estremeció, pero siguió sin moverse. Ella dio un paso atrás y lo miró con timidez. Tenía los ojos cerrados y el cuerpo rígido. Parecía como si sintiera dolor, que solo podía deberse al esfuerzo de seguir tan quieto.

–Un beso requiere algo de toma y daca, ¿sabes?

–No quería asustarte –dijo él abriendo los ojos.

–No me asusto tan fácilmente –replicó ella, esperando que fuera verdad.

–¿No? –la rodeó con los brazos, despacio, dándole tiempo a apartarse. Ella no lo hizo, había decidido concederse ese minuto–. Bien –aprobó él.

Grace subió las manos por su pecho hasta entrelazar los dedos en su nuca y tirar hacia ella. Entonces lo besó de nuevo, profundamente. Sus lenguas se enredaron en un estallido de sensaciones exquisitas. ¿Cuándo había besado así por última vez? ¿Cuándo se había sentido así?

«Sabes cuándo».

Sintió un escalofrío de añoranza y pérdida. Era una sensación maravillosa, pero recordar a otro hombre abrazándola hizo que la vergüenza la asolara, junto con el deseo y la esperanza. Cerró los ojos y besó a Khalis con más fuerza, apretándose contra él, intentando dar de lado a esos recuerdos que seguían persiguiéndola.

«Besaste a un hombre así. Deseaste a un hombre así. Y eso te costó a tu hija».

Las manos de Khalis se posaron en su cintura y luego se deslizaron bajo su camiseta. La calidez de su mano hizo que se estremeciera. Él esperó. Era cuidadoso, gentil, pero ella no podía detener los recuerdos y la lógica que la atenazaban hasta el punto de apagar su deseo.

—¿Grace...?

—Lo siento —se apartó de él, con la cabeza baja.

—No tienes por qué sentirlo —alzó su barbilla con la mano y estudió su rostro—. No hay prisa.

«Sí», deseó decir ella, «sí la hay. Porque solo disponemos de este momento».

—No tendría que haberte besado.

—Es un poco tarde para arrepentimientos —dijo él, con voz irónica.

—Ya lo sé —Grace apartó la barbilla.

—¿Por qué no tendrías que haberme besado?

—Porque... —soltó el aire de golpe. «Porque tengo miedo de muchas cosas. De perderme en ti, de perder a mi hija». No podía explicarle eso. No quería hacerlo, porque explicarse era abrir la puerta a todo tipo de vulnerabilidad y dolor. Se limitó a mover la cabeza.

—¿Estás casada o algo? —Khalis soltó el aire lentamente, controlando su impaciencia.

—No. Pero lo estuve —lo miró a los ojos.

—¿Estás divorciada?

—Sí.

—Sigo sin entenderlo.

—Es... complicado.

–Eso ya lo había adivinado.

–Simplemente, no puedo tener una relación contigo –se apartó y se rodeó el cuerpo con los brazos. Sentía frío–. Mi matrimonio no fue... No fue feliz. Y yo no... –suspiró–. No puedo...

–¿Qué haría falta para que confiaras en mí?

–No lo sé –musitó ella, mirando al hombre que había sido tan gentil, paciente y cariñoso con ella–. Pero no importa, Khalis. Incluso si quisiera, no podría tener una relación contigo –demasiado tarde, se dio cuenta de que él nunca había utilizado la palabra «relación», que implicaba no solo intimidad, sino también compromiso–. Ni ninguna otra cosa –añadió apresuradamente–. No puede haber nada entre nosotros –sin darle tiempo a contestar, puso rumbo a la puerta y al alto muro.

Esa noche durmió fatal. Los recuerdos llegaron en fragmentos, en sueños extraños pero con sentido. Khalis besándola. Ella besando a Khalis. El dulce anhelo, aplastado por la vergüenza y la culpabilidad cuando miraba el rostro de Loukas, tenso de ira, con los labios apretados y blancos.

«¿Cómo has podido hacerme esto, Grace? ¿Cómo has podido traicionarme así?»

Eso la despertó. Se incorporó en la cama de un bote, temblando. Segura de que no podría volver a dormir, se levantó y se puso unos vaqueros y un jersey de algodón. Se recogió el pelo sobre la coronilla con una pinza y dejó su habitación.

El sótano estaba muy silencioso y oscuro en mitad de la noche, pero no tendría que haberle importado. No había ventanas. Encendió las luces y contempló los paneles sobre la mesa de acero.

Había dedicado la mayor parte del tiempo a autenticar la pintura de Leda y el cisne, pero en ese momento clavó la vista en la otra, la que le provocaba un pinchazo de dolor. Leda y sus hijos.

A lo largo de los siglos se había especulado mucho sobre ese cuadro. Leonardo había hecho varios bocetos de Leda sentada, cabizbaja, con sus hijos al lado. Pero la fuerza del cuadro real era incomparable. En este, Leda estaba sentada y vestida, la voluptuosidad oculta u olvidada. Dos niños pequeños, Cástor y Pólux, estaban tras ella, con las manos en sus hombros, anclándose o tal vez protegiéndola. Leda tenía sobre el regazo a Clitemnestra y a Helena, dos bebés rollizas que miraban a su madre con rostro angelical.

En cuanto a Leda... ¿Qué expresaba su rostro? ¿Tristeza, añoranza o una alegría relativa? ¿Imaginaba las cosas terribles que estaban por llegar? Helena provocaría una guerra, Cástor moriría en ella. Y Clitemnestra perdería a una hija.

Grace sacudió la cabeza. Si trabajaba unas horas, podría presentarle a Khalis una carpeta con sus descubrimientos, los suficientes para que ella pudiera dejar Alhaja. Dejar a Khalis. Y ambos podrían seguir con sus vidas.

Khalis contempló a una Grace pálida y de aspecto frágil entrar a la sala de desayunos. Parecía que no hubiera dormido nada, aunque estaba tan compuesta y bonita como siempre. Lucía falda negra y blusa blanca, y llevaba una carpeta en la mano. Khalis supo lo que estaba por llegar. Tras el frustrante beso inacabado de la noche anterior, había esperado algo así. Se recostó en la silla y tomó un sorbo de café, esperando.

–He completado la mayoría de las pruebas preliminares de los Leonardo –dejó la carpeta en la mesa y apretó los labios con determinación–. Los pigmentos y los paneles de madera son consistentes con el periodo en el que habría completado los cuadros. También hay varios...

–Grace. No hace falta que me des una conferencia –le sonrió–. Leeré los documentos.

–Muy bien –apretó los labios aún más.

–Entonces, ¿crees que has acabado?

–He hecho cuanto puedo hacer sola. Es necesario que llames a las autoridades para...

–Sí, me ocuparé de eso.

Ella estrechó los ojos y Khalis sintió una punzada de dolor. Por lo visto seguía sin confiar en que haría lo correcto con las obras. Pero segundos después Grace asintió. Y él se sintió triunfal.

–Muy bien –se estiró y pasó las manos por los laterales de la falda–. Entonces mi trabajo aquí ha terminado. Si pudieras organizar...

–¿Terminado? Genial –Khalis sonrió. Captó en los ojos chocolate un destello de dolor que ocultó de inmediato. Dijera lo que dijera, por mucho daño que le hubieran hecho, aún deseaba estar con él–. Entonces puedes tomarte el día libre.

–¿Qué quieres decir?

–Un día de ocio, para disfrutar. Conmigo.

–Yo no...

–Se suponía que tardarías una semana. Han sido tres días. Así que puedes tomarte un día libre. Un día. Nada más. ¿Ni siquiera te permites eso?

Ella titubeó y Khalis vio la añoranza en sus ojos. Volvió a preguntarse qué le impedía disfrutar, vivir incluso. Se inclinó hacia delante, sin molestarse en ocultar su necesidad y su deseo.

–Quieres hacerlo. Yo quiero que lo hagas. Por favor, Grace.

–De acuerdo –aceptó ella finalmente. Esbozó una sonrisa débil–. De acuerdo.

–Maravilloso. Será mejor que te pongas algo más cómodo –Khalis sonrió encantado–. Nos veremos en el vestíbulo dentro de cinco minutos.

–Eso es muy rápido.

–Quiero aprovechar cada minuto contigo.

–Un día –murmuró ella, sonrojándose. Khalis no supo si lo advertía a él, o a sí misma.

Grace no había llevado mucha ropa cómoda, al menos en el sentido que Khalis tenía en mente. En el trabajo vestía con ropa discreta y profesional. Tras pensarlo, optó por los pantalones negros y la camiseta blanca, y se echó una rebeca gris sobre los hombros, por si la brisa marina era fuerte.

Se preguntó adónde la llevaría. Isla Alhaja no le había parecido grande desde el aire. Aparte del complejo amurallado, solo había unas pocas playas y árboles. Sin embargo, Grace sabía que le daba igual dónde fueran, porque quería estar con él. Un día no suponía riesgo para su corazón ni para su tiempo con Katerina. Un día fuera de la realidad, un recuerdo que la acompañaría durante días y noches de soledad.

Khalis, vestido con vaqueros y una camisa blanca abierta al cuello, ya esperaba en el vestíbulo cuando Grace bajó la escalera.

–¿Adónde vamos? –le preguntó, sonriente.

–Solo a la playa –contestó él. Pero el brillo de sus ojos indicó a Grace que había planeado algo.

Fuera, ya en la puerta, esperaba un jeep sin techo. Subieron y Khalis condujo hacia las feas verjas. Después tomó una carretera de tierra que parecía circunvalar la isla.

Grace se apartó el pelo de la cara y contempló las zonas rocosas, la playa dorada y el mar brillante como una joya bajo el sol.

—La isla no es muy grande, ¿verdad?

—Tres kilómetros de largo y ochocientos metros de ancho. Es pequeña.

—¿Alguna vez te sentiste atrapado viviendo aquí?

—Sí —contestó Khalis tras lanzarle una mirada especulativa que ella simuló no ver—. Pero no por el tamaño de la isla.

—¿Por qué?

—Por sus habitantes —hizo una mueca agria.

—¿Tu padre?

—Sobre todo. Mi hermano y yo tampoco nos llevábamos muy bien.

—¿Por qué no?

—Ammar era el heredero y mi padre se volcaba en él. Lo trataba con dureza, excesiva, y supongo que Ammar tenía que resarcirse con alguien.

—¿Era un matón? ¿Tu hermano?

—El internado casi fue un alivio —Khalis encogió los hombros con indiferencia.

—¿Y tu hermana?

—La echaba de menos. Estoy seguro de que se sentía más atrapada aquí que yo. Mi padre no creía en educar a las hijas. Contrató a una pésima institutriz durante un tiempo, pero Jamilah nunca tuvo las oportunidades que tuvimos Ammar y yo. Oportunidades que habría tenido si... —calló de repente y movió la cabeza. Su expresión se volvió inescrutable—. Viejos recuerdos. Son vanos.

—¿Crees que el helicóptero se estrelló por accidente? —preguntó ella, un momento después.

—Cabe la posibilidad de que uno de sus enemigos, o incluso de sus socios, manipulara el motor. No sé qué habrían pretendido ganar con ello. Tal vez fuera un acto de venganza, mi padre negociaba con gente de muy mala calaña. Ese tipo de hombre no suele morir en su cama.

A Grace la estremeció la indiferencia de Khalis respecto a la muerte de su padre y su hermano. Su actitud hacia la familia no cuadraba con el hombre afable al que empezaba a conocer y en quien confiaba. Volvió a captar el destello de un núcleo de hierro bajo su afabilidad.

–Hablas como si no tuvieras corazón –musitó.

–¿Yo no tengo corazón? –Khalis soltó una risotada–. Menos mal que no conociste a mi padre.

Grace sabía que no podía explicarle a Khalis por qué la inquietaba su opinión sobre su padre. Había oído rumores sobre Balkri Tannous, de sus sobornos y negocios ilegales. ¿Por qué estaba intentando defenderlo a su manera?

«Porque te sientes culpable. Necesitada de perdón. Igual que él».

–¿Cómo descubriste que no tenía corazón?

–Tenía dieciséis años. Había venido por las vacaciones de verano. Fui a buscar a mi padre para decirle que había ganado el premio de matemáticas anual –se quedó callado y Grace comprendió que estaba recordando por el dolor de su expresión–. Lo encontré en su despacho, al teléfono, y me indicó que me sentara. Siguió hablando, dijo algo de dinero y pidió más, así que pensé que hablaba de negocios. Entonces dijo «Ya sabes qué hacer si se resiste. Asegúrate de que esta vez lo sienta». Sonaba a algo que diría un matón. Cuando colgó, lo comenté, casi en broma. «¡Papá, sonabas como si estuvieras ordenando que dieran una paliza a alguien!». Me miró con dureza y dijo «Eso hacía».

Khalis no dijo más. Había aparcado el jeep en la

playa y apagado el motor. Solo se oían las olas y los graznidos de las gaviotas.

–¿Qué pasó entonces? –preguntó Grace.

–Me impactó, claro –alzó un hombro–. No recuerdo que dije, algo de que eso estaba mal. Mi padre vino hacia mí y me dio una bofetada. Con fuerza –señaló una diminuta cicatriz blanca que tenía en la comisura de la boca–. Su anillo.

–Eso es terrible –musitó Grace.

–Oh, no tanto. Tenía dieciséis años, era casi un hombre. Y no volvió a pegarme. Fue un shock porque nunca me había pegado antes. Ammar lo tuvo mucho peor. Mi padre no me prestaba mucha atención, y yo anhelaba que lo hiciera. Hasta ese día, cuando entendí la clase de hombre que era.

–Pero no te fuiste hasta los veintiún años.

–No –Khalis apretó los labios–. Justificaba sus actividades. Que solo había sido una vez, que esa persona era difícil o corrupta... Excusas absurdas porque no tenía coraje para marcharme.

–Eras joven –apuntó Grace–. Es fácil engañarse.

–Durante un tiempo, quizás, después pasa a ser ceguera voluntaria. Aun sin quererlo, empecé a notar cosas. Cómo se encogían los criados ante él y las conversaciones telefónicas que mantenía. Y empecé a investigar. Una vez que estaba de viaje de negocios, revisé su escritorio. Seguramente ese día vi lo suficiente para meterlo en prisión –movió la cabeza–. Ayudó a amañar las elecciones de una isla muy pobre. Mi padre se llenó los bolsillos y la miseria de la gente empeoró.

–¿Qué hiciste entonces?

–Nada –casi escupió Khalis–. Tenía diecinueve años, iba a empezar en Cambridge y sabía que no podía mantenerme solo. Así que intenté olvidarlo, por un tiempo al menos. Pero no podía olvidar, nunca olvidaré– Khalis sacudió la cabeza.

–Y te marchaste –Grace tragó saliva.

–Finalmente –la palabra sonó como un insulto a sí mismo–. Antes aproveché su dinero para ir a la universidad. No tuve coraje para irme hasta que supe que podría hacerlo –torció la boca–. En realidad, no fuí mucho mejor que él.

–Eso es muy duro –protestó Grace–. No eras responsable de las acciones de tu padre.

–No. Pero no hacer nada puede hacer tanto daño como la acción en sí misma.

–Eras joven.

–No tan joven –le dedicó una sonrisa rápida–. Eres muy comprensiva, mucho más que yo.

Grace desvió la mirada. Intentaba ser comprensiva porque sabía lo fácil que era caer en la tentación. Ella misma era la única persona a la que no podía perdonar.

–Ya hemos hablado bastante de esto –dijo Khalis–. No pensaba pasar el día hablando de recuerdos amargos. Lo que se acabó, se acabó.

–Se acabó, ¿o sigue y sigue para siempre? –la voz de Grace sonó ronca.

–Se acabó –dijo Khalis mirándola–. Sea lo que sea, Grace, se acabó.

Aunque Khalis no sabía de lo que hablaba, no conocía los secretos que Grace ocultaba, deseó creerlo. Quería creer que las cosas podían acabar, y los pecados ser perdonados de verdad. Los de el padre de él, y los de ella. Quería creer en una segunda oportunidad, incluso si no la tenía. Silenciosamente, le dio la mano y bajaron del Jeep.

Caminaron por la playa hasta llegar a un lugar protegido del viento por las rocas. Grace se detuvo con sorpresa al ver a dos magníficos caballos. Una yegua baya y un caballo castaño, ensillados, y un mozo de cuadra sujetando las riendas.

—Pensé que te tal vez te gustaría montar.

—¿Y por qué ibas a saber si monto o no?

—Mencionaste una etapa de locura por los caballos —Khalis sonrió—. La primera noche.

—Cierto —Grace lo había olvidado. Casi había olvidado cómo montar. Acarició el pelo satinado de la yegua—. Y supongo que tú llevas montando desde el día que naciste, ¿no?

—Solo desde los dos años. Pero hace mucho que no monto.

—Lo mismo digo.

—Podemos tomárnoslo con calma.

Grace se preguntó si estaban hablando de montar a caballo o de otra cosa. Pero en realidad daba igual. La emocionaba que Khalis hubiera preparado eso, que hubiera recordado su comentario. Y quería cabalgar. Sonriente, asintió con la cabeza y dejó que el mozo la ayudara a montar la yegua. Se alegró de haberse cambiado de ropa.

—¿Lista? —preguntó Khalis, ya en su caballo.

Ella volvió a sentir, sorprendida y encantada por volver cabalgar, con el viento a la espalda, bajo el sol. Llevó al caballo a medio galope y Khalis la imitó.

La brisa le alborotaba el cabello y las gaviotas escandalizaban en el cielo. Grace sonrió de oreja a oreja. Había olvidado lo libre que se sentía cabalgando, todo parecía encogerse al tamaño de una cabeza de alfiler: preocupaciones, miedos e incluso recuerdos. Nada importaba excepto ese momento. Casi sin darse cuenta, espoleó a su montura a galopar. Oyó la risa de Khalis.

—¿Es una carrera? —le gritó él, alcanzándola.

–Creo que sí –le respondió, inclinándose hacia el lomo de la yegua. Era maravilloso sentirse libre.

Los cascos de los caballos levantaban arena mojada mientras recorrían la playa. Grace vio una ensenada rocosa más adelante y supo, instintivamente, que sería la línea de meta. Khalis la adelantó y ella animó a su montura, riendo, hasta alcanzarlo. En el último momento, Grace le sacó medio cuerpo de ventaja y la yegua saltó por encima de las rocas que habían servido de meta.

–Espero que no me hayas dejado ganar –riendo, hizo girar a la yegua y se apartó el pelo de los ojos.

–Jamás.

Khalis parecía tan cómodo sobre su montura, con los ojos chispeando de humor y la piel bruñida bajo el sol, que Grace sintió un vahído de anhelo. Sabía que no había ganado por méritos propios, hacía una década que no montaba, y Khalis debía de haber crecido sobre un caballo. Pero no importaba. Nada importaba excepto ese perfecto día dorado que Khalis le estaba regalando.

–Mentiroso –sonriente, desmontó–. Pero aun así acepto la victoria. Ha sido fantástico galopar así, había olvidado cuánto me gustaba.

–Me alegra que lo hayas redescubierto –desmontó y le apartó un mechón de pelo de la cara. A ella se le encogió el estómago, pero se quedó inmóvil, parpadeando. Quería que la besara.

Pero no lo hizo, sino que guio los caballos a donde esperaba el mozo, que los había conducido hasta allí. Khalis le entregó las riendas y luego tomó la mano de Grace. Ella dejó que entrelazara los dedos con los suyos, recordándose que, por ese único día estaba permitido. Estaba en una isla, con un hombre del que podría enamorarse fácilmente.

Se tensó. No podía enamorarse, ni de Khalis ni de nadie. Podía disfrutar de ese día sin que nadie lo supiera y salir de allí con el corazón intacto. Enamorarse estaba terminantemente prohibido.

—Vamos —dijo Khalis—. Nuestro picnic espera.

La llevó a una pequeña cala rodeada de rocas, donde esperaban una manta extendida sobre la arena y una cesta. Grace soltó una risita.

—Esto ha requerido bastante planificación.

—Un poco —admitió él—. Es fácil cuando se cuenta con ayuda —la condujo a la manta y se sentaron. Abrió la cesta y sacó una botella de champán y dos copas—. Un brindis —dijo.

Grace aceptó la copa rechazando la reticencia que rondaba su mente. No iba a enamorarse, disfrutaría del breve y frágil momento de felicidad.

—¿Por qué brindamos? —preguntó.

—Por un día perfecto —sugirió Khalis.

—Por un día perfecto, repitió ella. Tomó un sorbo y sintió la mirada de Khalis observándola.

Khalis observó a Grace beber, disfrutando al verla feliz y relajada, con el pelo revuelto y libre, la cara sonrojada de placer. Aún captaba el miedo y la tristeza que acechaba en sus ojos; deseó borrar esas sombras no por un día, sino para siempre. Para su sorpresa, el fervor de sus pensamientos había dejado de alarmarlo, estaba preparado. A lo largo de los años había tenido un par de relaciones serias, pero no había encontrado a una mujer que le tocara el corazón y le hiciera decir y sentir cosas que no había dicho nunca. Hasta conocer a Grace.

Desde el primer momento lo había intrigado, pero sentía más que fascinación por ella. Admiraba su dedicación al trabajo, su fuerza de voluntad. Intuía que era una superviviente, como él. Se moría de ganas de tocarla, de verla sonreír y reír.

—¿Lista para comer? —preguntó, quitándole la copa de la mano.

—De acuerdo.

Le dio fresas y rodajas de suculento melón, higos maduros y pan blando mojado en delicioso aceite de oliva. Adoraba la sensualidad de llevarle comida a la boca y ver cómo entreabría los labios, ensanchaba los ojos y sus pupilas se dilataban. Era increíblemente erótico.

—Me mimas demasiado —dijo ella por fin, rechazando la última fresa.

—Mereces que te mimen.

—No, no es cierto —Grace negó con la cabeza.

—¿Por qué dices eso? —Khalis se había tumbado a su lado en la manta, con un brazo a modo de almohada. Con la otra mano enrollaba un mechón de su pelo rubio en un dedo.

—No tiene importancia —sacudió la cabeza con tanta fuerza que liberó el mechón de pelo.

Él deseó decirle que a él le importaba todo lo relativo a ella, pero se tragó las palabras. No estaba lista para oírlas y, tal vez, él tampoco para decirlas. Lo que había entre ellos era demasiado nuevo y frágil para ponerlo a prueba. Quería disfrutar del día. Tendrían tiempo de sobra para descubrirse el uno al otro, y tal vez aprender a amarse después de ese día, que no era sino el principio.

Grace observó a Khalis volver a llevar la mano a su pelo y enredar un mechón en su dedo. Parecía hacerlo sin pensar, instintivamente. Y aunque no debería sentir nada, porque el pelo no sentía, el contacto la excitaba. Alzó la vista hacia él y bebió la imagen de piel bronceada, ojos gris verdoso y labios curvados con una sonrisa sensual. Grace sintió un cosquilleo en todo el cuerpo y la deliciosa certeza de que iba a besarla.

Bajó los labios hacia los suyos lentamente, sin quitar la mano de su pelo. Ella deslizó la mano por sus hombros hacia su nuca. Él alzó la boca un segundo y su sonrisa se profundizó.

–Sabes a fresas –dijo.

–Tú también –contestó ella.

Él soltó una risita y volvió a reclamar su boca. Grace se perdió en el beso, en el momento, convencida de que nada había sido tan puro y perfecto. Khalis trazó un camino de besos por su mandíbula, hasta llegar a su nuca. Después volvió al cuello y descendió hacia el escote de su camiseta, acariciando su piel con la lengua. Luego besó el valle que había entre sus senos. Grace se arqueó; su cuerpo se despertaba como una flor al sol.

Khalis llevó una mano a su cintura y levantó el borde de la camiseta para acariciar su piel. Volvió a besarla, con intensidad. Grace se apretó contra él e introdujo las manos bajo su camisa y acarició su sedosa y cálida espalda.

Detrás de ellos un pájaro graznó con estridencia y Grace se incorporó de golpe, el deseo reemplazado por el pánico. Con la ropa descolocada, el pelo revuelto y los labios hinchados, se sentía como si la hubieran sorprendido en pecado. Atrapada y avergonzada.

Khalis siguió apoyado en un codo, relajado. Tenía que haber notado su exagerada reacción, pero no dijo nada, solo la miró.

–Lo siento... –empezó ella.

–No hay nada que sentir.

–Yo no... No he... –suspiró y calló.

–Lo sé.

Sonó tan seguro que Grace dio un respingo. Él no sabía nada. Sus suposiciones eran erróneas.

–De hecho –lo corrigió–, no lo sabes.

–Entonces, cuéntamelo.

–Hoy ya hemos dedicado suficiente tiempo a hablar de viejos recuerdos –intentó sonreír.

Él, sin protestar, se sentó y empezó a recoger los restos del picnic.

–No tenemos que irnos aún... –apuntó Grace.

–Te estás quemando –puso una mano en su mejilla arrebolada–. Estamos muy cerca de la costa de África. El sol es muy fuerte.

Grace lo ayudó a recoger en silencio. Sentía una mezcla de sentimientos: frustración porque la tarde hubiera acabado, así como alivio porque no hubieran llegado demasiado lejos. Y por encima de eso, sentía el peso de la culpa. Siempre la culpa.

–Anímate –Khalis sonrió–. Esto es solo un día.

«Exacto», deseó gritar ella. Un día era cuanto tenía. Un día era lo más que se iba a permitir, y Khalis lo sabía. De repente, sintió dudas. Había asumido que él lo entendía, pero tal vez porque resultaba más fácil así. Era más fácil dejarse cegar por el deseo, justificar, excusar e ignorar. Pero si él no lo entendía... si no había aceptado la cláusula implícita de que ese día era cuanto podían compartir, ¿qué quería? ¿Qué esperaba?

Fuera lo que fuera, no podía dárselo. Sintió una oleada de tristeza al comprender, por primera vez, que quería hacerlo.

Capítulo 7

CUANDO Grace llegó a su habitación, la sorprendió encontrar allí a Shayma con un impresionante despliegue de ropa y productos de belleza. Grace miró con asombro una bandeja de maquillaje y esmalte de uñas.

—¿Qué es todo esto?

—El señor Tannous me ha pedido que la ayude a prepararse —Shayma sonrió con timidez.

—¿Prepararme? ¿Para qué? —Grace miró la media docena de vestidos que había sobre la cama.

—Va a llevarla a algún sitio, creo.

Ella se preguntó adónde podía llevarla. Daba igual, porque no podía ser vista en público con Khalis ni con ningún otro hombre. No en una cita.

—¿No son preciosos? —Shayma alzó uno de los vestidos de la cama. Grace tragó saliva al verlo.

—Impresionantes —admitió. El vestido era una túnica ajustada de seda marfil, bordada con perlas. Parecía un vestido de novia muy sexy

—Este también me gusta —Shayma levantó un vestido de un azul tan intenso que parecía negro, el satén brillaba como luz de luna sobre el agua.

—Increíble —Grace no pudo reprimir el anhelo femenino de lucir uno de ellos para Khalis.

—Y zapatos y joyas a juego con cada uno —anunció Shayma con voz feliz.

Grace movió la cabeza. Le costaba creer el esfuerzo y gasto que suponía todo eso. Se moría de ganas de tener una cita auténtica con Khalis.

«¿Ves cómo sucede?», se burló su conciencia. «La tentación llega deslizándose y te acecha. Antes de darte cuenta, estás haciendo cosas que pensabas que nunca harías. Y diciéndote que está bien».

Conocía las normas de su acuerdo con Loukas. Ni comportamiento inapropiado, ni citas, ni hombres. No era justo ni legal, pero en los cuatro años pasados desde su divorcio las restricciones le habían dado igual. Era su corazón el que había levantado barreras: no confíes, no ames, no te pierdas a ti misma. Pero Khalis le hacía desear sentirse próxima a alguien, sentir el fuego del deseo físico y la dulzura del júbilo compartido. Por primera vez en cuatro años sentía la tentación de abrir la puerta a alguien y confiarle sus secretos.

Grace apartó la vista de los tentadores vestidos. Se recordó que era imposible. Aunque su corazón hubiera cambiado, las condiciones de la custodia seguían siendo las mismas.

—¿Señorita...? –preguntó Shayma titubeante.

—Lo siento, Shayma –sonrió con tristeza–. No puedo ponerme ninguno de esos vestidos.

—¿No le gustan? –Shayma la miró confusa.

—No, me encantan. Pero no puedo salir con el señor Tannous –al ver la expresión preocupada de Shayma, le dio una palmadita en la mano–. No te preocupes. Yo se lo explicaré.

Se cepilló el pelo e hizo acopio de firmeza antes de ir a la zona en la que estaba el despacho que utilizaba Khalis. Estaba sentado tras el escritorio y sonrió al verla.

—Necesito decirte que...

–Me agradeces los vestidos, pero no saldrás conmigo esta noche –interrumpió él.

–¿Cómo lo has sabido?

–No esperaba menos de ti, Grace. Nada relacionado contigo es fácil.

–Pues no sé por qué te molestas entonces –comentó ella, irritada.

–Creo que sí lo sabes. Compartimos algo inusual, profundo, ¿no? –no sonó en absoluto dubitativo. Grace no dijo nada–. Nunca he sentido eso con otra mujer, Grace. Y no creo que tú lo hayas sentido con ningún hombre –hizo una pausa y la miró muy serio–. Ni siquiera con tu exmarido.

Ella tragó saliva, pero siguió en silencio.

–Me fascinas, Grace. Haces que me sienta vivo, abierto y feliz.

Grace movió la cabeza lentamente. Se preguntaba si él sabía que sus sentidas confesiones hacían que se sintiera hambrienta y dolida.

–Pues no soy tan fascinante –dijo.

–Puede que entonces me fascine con facilidad.

–Puede que te equivoques con facilidad.

–¿Equivocarme? ¿Cómo? –arqueó las cejas, claramente sorprendido por el comentario.

–En realidad no me conoces.

–Empiezo a conocerte. Quiero conocerte. ¿Por qué no quieres salir conmigo esta noche?

–Ya te he dicho antes que no puedo.

–No puedes –repitió Khalis, pensativo. Su mirada se endureció y Grace supo que si la mirara así se rompería–. ¿Tienes miedo a tu exmarido?

–No exactamente.

–Deja de hablar con acertijos.

Grace sabía que había recurrido a demasiadas evasivas. Khalis había sido amable y paciente, se merecía un poco de honestidad.

–Tengo una hija –dijo con voz queda–. Katerina. Tiene cinco años.

La expresión de Khalis no cambió, pero sus ojos oscurecieron, volviéndose más grises que verdes, como hielo sobre un lago. No se sabía cómo de duro o grueso era hasta que se pisaba. Y se oía el chasquido cuando se rompía bajo los pies.

–¿Y? –la animó él.

–Mi exmarido tiene su custodia. Puedo verla una vez al mes –casi oyó el crujido del hielo, las grietas que se abrían en el suelo que Khalis había considerado suelo sólido.

–¿Por qué? –preguntó él, con tono neutro.

–Es complicado –musitó ella. Se le atragantaban las palabras y la verdad.

–¿Cómo de complicado?

–Es un hombre muy rico y poderoso –explicó ella, eligiendo cada palabra–. Nuestro matrimonio fue... problemático, y nuestro divorcio cáustico. Usó su influencia para conseguir la custodia total –su garganta volvió a cerrarse sobre las palabras sin decir, esas esquirlas que la cortaban por dentro, aunque ya habían hecho daño más que suficiente. Llevaba cuatro años viviendo con la pérdida de su hija y con su conciencia. Pero le dolería aún más contárselo a Khalis, porque nunca se lo había dicho a nadie que le importara. Y Khalis le importaba. No podía negarlo. Algo los unía.

Khalis fue hacia ella con media sonrisa.

–Oh, Grace –la rodeó con los brazos. Ella cerró los ojos para no ver la mirada compasiva que no se merecía–. Lo siento.

–Fue culpa mía... en parte... –musitó.

–¿Por qué no recurriste la sentencia de custodia? –preguntó él, ignorando el comentario–. La mayoría de los jueces se inclina por la madre...

–Yo... no podía –dijo ella, pensando que lo de los jueces era cierto, excepto si se consideraba a la madre incapacitada. La verdad era que no había tenido ni fuerza ni valor para recurrir una sentencia que en el fondo creía que se merecía.

Khalis puso un dedo bajo su barbilla y la obligó a mirarlo. Era tan tierno que ella deseó barbotar la verdad: que no merecía su compasión ni su confianza, y menos aún su amor.

–¿Qué tiene eso que ver contigo y conmigo?

–Loukas, mi exmarido, vigila mi comportamiento. Me exige que no tenga relaciones... románticas con ningún hombre. Si lo hago pierdo la visita de ese mes.

–Pero eso tiene que ser ilegal Y es atroz –Khalis la miró anonadado–. ¿Cómo puede controlarte hasta un grado tan absurdo?

–Tiene un as en la manga –dijo Grace–. Mi hija.

–Grace, sin duda puedes pelear. Con un abogado de oficio, si el dinero es problema. De ninguna manera debería poder...

–No –lo cortó ella, con el corazón desbocado. No sabía por qué le había dicho tanto, y al tiempo tan poco. Ahora la vería aún más como víctima–. No, por favor, Khalis. Déjalo. Dejemos el tema.

–No entiendo... –él arrugó la frente.

–Por favor –puso una mano en su brazo para callarlo. Temió que Khalis siguiera insistiendo en que librara una batalla que sabía perdida, pero él suspiró y asintió levemente.

–De acuerdo. Pero quiero que salgas conmigo.

–¿Después de lo que acabo de decirte?

–Entiendo que no pueden verte en público conmigo, todavía. Pero aun así, podemos salir – sonriente, aunque con ojos oscuros y tormentosos, tomó su mano y le besó los dedos.

Ella percibió el roce de sus labios como una corriente eléctrica que la recorría de arriba abajo. Anheló abrir la mano y presionarla contra su boca, sentir la calidez de su aliento en la palma. Acercarse para rozar su pecho con los senos. Con los últimos vestigios de fuerza de voluntad que le quedaban, retiró la mano y contestó.

–¿Salir adónde?

–Fuera de aquí –él señaló el muro que se veía por la ventana–. Salir de este maldito complejo.

–Pero ¿adónde...?

–Khalis –se acercó a ella–. ¿Confías en que te lleve a un lugar que tu exmarido nunca podría descubrir? ¿Un sitio en el que estarás totalmente a salvo, conmigo?

Ella, que percibía el calor de su cuerpo, empezó a ceder. Era un día, una cita. Habían pasado cuatro años y nunca había conocido a un hombre como Khalis, tan gentil y bueno que sentía ganas de llorar. Un hombre que hacía que ardiera de deseo. Asintió lentamente.

–De acuerdo. Sí. Confío en ti.

–Bien –curvó la boca con una sensual sonrisa de triunfo–. Porque me encantaría llevarte a cenar. Me encantaría verte con uno de esos vestidos y quitarlo lentamente de tu cuerpo cuando te haga el amor esta noche –hizo una mueca irónica–. Pero me conformaré con la cena.

–No puedo imaginar ningún sitio al que podamos ir a cenar que no sea... –dijo ella, sintiendo un cosquilleo en todo el cuerpo.

–Eso déjamelo a mí. Tú puedes pasar un rato en manos de Shayma –le dio un beso rápido y firme en la boca–.

Pasaremos una velada fantástica. Estoy deseando ver qué vestido eliges.

Dos horas después, masajeada y maquillada, Grace se puso el vestido de satén azul intenso. Había querido ponerse el marfil, pero parecía demasiado nupcial y se habría sentido incómoda. No era lo bastante inocente para ponérselo.

En cualquier caso, el de satén azul era deslumbrante. Era un vestido sin espalda, que se ajustaba a su figura y se abría con vuelo hacia los tobillos. Shayma le había puesto un colgante de zafiro y diamantes en el cuello, y pendientes a juego. Se sentía como una estrella de cine.

—Está bellísima, señorita —susurró Shayma, dándole un echarpe de gasa. Grace sonrió.

—Has sido maravillosa conmigo, Shayma. Ha sido una de las tardes más relajantes en años.

Khalis la esperaba al pie de la escalera. Parpadeó al verla y luego esbozó una sonrisa de aprobación puramente masculina.

—Estás deslumbrante —dijo, tomando su mano.

—Tú no desmereces —le devolvió ella. Llevaba un traje de seda gris oscuro, pero sabía que habría estado magnífico con cualquier cosa. Era un hombre increíblemente atractivo. El traje enfatizaba las líneas esbeltas y fuertes de su cuerpo, su poder—. Dime, ¿adónde vamos?

—Ya lo verás.

De la mano, salieron del complejo. Cruzaron las verjas y fueron hacia la playa. La noche empezaba a caer sobre la isla con sus sombras violetas, y la superficie plácida del mar se veía oscura e interminable. Khalis la llevó a una elegante motora que se balanceaba en el agua.

—¿Vamos a ir en barco? —preguntó Grace dubitativa,

mirando su largo vestido de noche–. Siento decirlo, pero me siento demasiado elegante.

–Pues estás magnífica –la ayudó a subir al barco, cuidando de que el bajo del vestido no se mojara–. Confieso que tenía en mente un elegante hotelito en Taormina cuando pedí que trajeran esos vestidos. Pero no importa adónde vayamos, ¿no? Solo quiero estar contigo –le sonrió.

Grace deseó gritarle «Estás diciendo todas las cosas correctas. Todas las cosas dulces y bonitas que una mujer desea oír. Y lo peor es que las dices en serio». Eso era lo que más dolía.

–Siento curiosidad por saber dónde está este lugar secreto –murmuró ella. También estaba nerviosa, e incluso asustada. En los cuatro años desde su divorcio, había perdido la visita mensual a Katerina dos veces. Una por ir a tomar café con un colega, otra porque la habían invitado a bailar en un evento benéfico. No había aceptado, pero había dado igual. A Loukas le gustaba castigarla.

Khalis se puso al timón y minutos después el barco se ponía en marcha. Grace estaba sentada tras el parabrisas de plástico, pero aun así su cuidado moño empezó a desmoronarse.

–Oh, vaya –se llevó las manos al pelo, pero Khalis la miró sonriente.

–Me gusta cuando te sueltas el pelo.

–¿Eso es un eufemismo? –arqueó las cejas.

–Puede –dijo él con malicia.

Riéndose y sintiéndose aventurera, se sacó las horquillas del moño. Su melena cayó en cascada. Supuso que estaba horrible, pero le dio igual. Se sentía bien. Se sentía libre.

–Excelente –dijo Khalis, acelerando.

Grace seguía sin saber adónde iban. Que ella supiera

no había islas entre Alhaja y Sicilia. Había dicho que era un lugar privado y que confiara en él. Aun así, los nervios le encogían el estómago.

–Tranquila. Vamos a un sitio totalmente privado, y no tardaremos en llegar.

–¿Cómo pareces adivinar siempre lo que estoy pensando? –preguntó ella, atribulada.

–Simplemente lo intuyo. Podría decir que tus emociones se reflejan en tu rostro, pero no es así.

Grace lo entendió muy bien. Incluso cuando Khalis procuraba estar inexpresivo, ella tenía la sensación de saber qué sentía, como si estuvieran unidos. Pero no lo estaban, y en veinticuatro horas se habría acabado. El vínculo se rompería.

«A no ser que...». Durante un instante delicioso imaginó cómo podrían seguir. Le contaría todo a Khalis y encontrarían la manera de recurrir la sentencia de custodia. Contempló la dura línea de la mandíbula de Khalis y pensó en cómo se negaba a llorar a su familia y a perdonar a su padre. Bajo su gentileza y amabilidad había un núcleo de dureza inflexible. Un hombre como él podía amar, pero no podía perdonar.

Tragó saliva al ver sus esperanzas volar al viento como cenizas. Eran sueños tontos, sin duda. Finales felices de cuentos de hadas.

–Estás muy pensativa –dijo Khalis. Había desacelerado y el ruido del motor era un ronroneo.

–Pensaba en lo bonito que es el mar –«Y en que ahora quiero vivir y amar de nuevo, y no puedo».

–Sí que lo es –corroboró Khalis. Grace tuvo la impresión de que no lo había engañado y que sabía que había estado pensando en otra cosa. En él.

–¿Falta mucho para llegar? –preguntó ella. No se veía nada–. ¿Vamos a cenar en el barco?

–¿Crees que esa es mi sorpresa? ¿Salchichas hechas en un hornillo de gas en una motora? –Khalis soltó una risa–. Casi me siento ofendido.

–Bueno, es un barco muy agradable.

–No tanto. Y no me gusta cenar con el plato sobre el regazo, flotando en el agua. Ven –le ofreció la mano y Grace, sorprendida, la aceptó. La llevó a proa y ella comprobó que habían llegado a una pequeña isla, aparentemente desierta. Una franja de playa rodeada de follaje y palmeras.

–¿Qué lugar es este?

–Es una isla diminuta y aislada que pertenecía a mi padre. Solo mide unos doscientos metros de largo. Pero mi padre valoraba su intimidad, así que compró toda la tierra próxima a Alhaja, por pequeña fuera –bajó del barco–. Ven.

Grace estiró el brazo hacia su mano, insegura sobre los altos tacones, pero Khalis puso las manos en su cintura y la bajó del barco a la playa sin esfuerzo. Los tacones se hundieron en la arena húmeda. Grace se quitó los zapatos.

–Son de diseño. No quiero arruinarlos –dijo.

–Muy sensato –Khalis también se quitó los zapatos. Grace miró la playa oscura y silenciosa y la densa e impenetrable jungla que había detrás.

–Ahora sí que me siento demasiado elegante.

–Quítate la ropa, si así estás más cómoda.

–Tal vez después –tenía el corazón a cien.

–¿Eso es una promesa?

–Desde luego que no –Grace sonrió. Le costaba creer que estuviera flirteando. Y disfrutando de ello –se alzó el vestido hasta las rodillas y dio unos pasos. Hacía mucho tiempo que no se sentía tan relajada y feliz–. Si no vamos a cenar salchichas en el barco, ¿una barbacoa en la playa?

—Incorrecto, señorita Turner —Khalis le agarró la mano—. Ven por aquí —la condujo por la playa oscura hacia una ensenada protegida. Grace se detuvo, sorprendida, al ver lo que había allí.

Había una carpa cuyo interior estaba iluminado por antorchas. Era una tienda, pero no tenía nada que ver con hornillos ni acampadas. Con la mesa de teca, los cojines de seda y la elegante vajilla de porcelana y la cristalería, parecía sacada de una fantasía de las *Mil y una noches*.

—¿Cómo has organizado esto en unas horas?

—Ha sido fácil.

—No tan fácil —refutó ella.

—Bueno, ha tenido su aquel —admitió Khalis, sacando una botella de vino blanco de la cubitera de plata—. Pero ha merecido la pena.

Grace aceptó una copa de vino y miró la oscuridad interminable que los rodeaba. Estaba segura. A salvo. Y era obra de Khalis.

—Gracias —musitó con voz suave.

—Gracias por confiar en mí —respondió él, mirándola por encima del borde de la copa. Empezó a untar humus en triángulos de pan de pita—. Debes llevar una vida muy tranquila, con esas restricciones que te impone tu exmarido.

—Bastante tranquila. No me importa.

—¿En serio? A mí me importaría —afirmó él.

—Uno se acostumbra a las cosas —deseó poder cambiar de tema—. Y a veces creo que prefiero los cuadros a las personas —bromeó con tono jocoso.

—Imagino que los cuadros nunca te fallan.

—Oh, no creas. Algunos me han fallado. Una vez

descubrí lo que creí un Giotto auténtico en un ático, pero resultó ser una copia muy buena.

–¿No es curioso que un cuadro exacto al original valga mucho menos? Ambos son bellos, pero solo uno tiene valor –comentó Khalis.

–Supongo que depende de qué valores. Al pintor o la pintura.

–Verdad o belleza.

Verdad. Siempre se volvía a la verdad. El peso de lo que no le había contado era como una losa que la aplastaba. Grace tomó un sorbo de vino.

–Algunas falsificaciones valen mucho dinero –dijo.

–Pero no se aproximan al valor del original.

–No –aceptó ella. Tenía las palmas húmedas y el corazón desbocado, a pesar de que estaban manteniendo una inocua conversación sobre arte. Pero Khalis no sabía, aunque tal vez lo sospechara, que ella misma era la peor falsificación.

Mujer inocente y esposa maltratada. Ambos apelativos eran falsos, pensara él lo que pensara.

–Ven a comer –dijo él, señalando el asiento que tenía enfrente. Grace aceptó con alivio. Tal vez así cambiarían de tema.

–¿Habías estado en esta isla antes? –mordió un triángulo de pan con humus–. ¿De niño?

–Mi hermano y yo vinimos en barco una vez.

–¿Una vez?

–No hacíamos mucho juntos –encogió los hombros–. Para Ammar todo era una competición que él tenía que ganar. Y a mí empezó a no gustarme perder –hizo una mueca que hacía intuir algo peor que la típica rivalidad entre hermanos.

–¿Lo echas de menos? –preguntó Grace con voz queda–. ¿A tu hermano, si no a tu padre?

–Ya te dije que no –el rostro de Khalis se tensó.

–Es que me cuesta entenderlo –no sabía por qué sentía la necesidad de insistir. Era algo compulsivo, como tocarse un diente dolorido para ver cuándo dolor se podía aguantar–. Yo echo de menos a mis padres incluso ahora...

–Mi familia era muy distinta de la tuya.

–¿Y tu hermana? A ella sí la echarás de menos.

–Sí –admitió Khalis–. Pero no tiene sentido pensar en ello. Lleva catorce años muerta.

–¿Cómo puedes? ¿Cómo puedes tachar así a tu familia? –barbotó ella ante su frialdad.

Durante un segundo el rostro de Khalis se endureció y estrechó los ojos. Grace desvió la mirada. Era un hombre de control férreo que nunca miraba atrás. Un hombre que no perdonaba.

–No los he tachado. Simplemente no le veo sentido a mirar al pasado. Están muertos. Yo he seguido adelante –se inclinó hacia ella y suavizó el tono–. Mi padre y mi hermano no merecen tu consideración. Tú eres inocente, Grace, pero si supieras las clase de cosas que hacían...

–No soy tan inocente como pareces creer.

–Disculpa, no pretendía ser condescendiente. Y no quería hablar de mi familia esta noche. Seguro que hay otras muchas formas de disfrutarla.

–Seguro que sí –concedió Grace. Se preguntó por que había presionado a Khalis cuando ella no quería hablar de su pasado. Quería pasarlo bien.

Khalis sirvió el siguiente plato y Grace observó cómo se tensaban los músculos de su muñeca mientras le servía fragantes trozos de pollo con cardamomo. De repente, recordó el beso de Khalis esa tarde, la sensación de su mano en la piel, y todo su cuerpo empezó a arder. Notando el rubor en el rostro, llevó la mano a la copa.

–Creo que los dos estamos pensando en una manera muy concreta de pasar el tiempo –dijo Khalis con un brillo de comprensión en los ojos.

–Es posible –consiguió decir Grace, a punto de atragantarse con el vino.

La comida estaba deliciosa, el aire era cálido y sensual y solo se oía el susurro de las olas al chocar contra la arena y la brisa agitando las palmeras. La conversación cambió de rumbo, y Grace disfrutó oyendo cómo Khalis había creado su empresa y su vida en San Francisco. Khalis le preguntó por su vida y ella no tuvo reparo en describir su trabajo y sus proyectos más interesantes. Era maravilloso charlar y reír sin preocupación ni miedo. Grace pensó que llevaba demasiado tiempo viviendo bajo una nube; le había hecho falta esa pequeña escapada a la luz.

Poco rato después, disfrutaban del espeso café turco, que había preparado Khalis, y de un pecaminoso tiramisú, mientras las estrellas titilaban en el cielo. Grace no quería que terminara la noche, que se acabara la magia. Era como una fantasía estar allí con ese vestido, mirando el mar junto a Khalis, en una isla encantada.

Pero no tenía que acabar aún. Sentía un cosquilleo de excitación al imaginar cómo continuaría la velada. Cómo Khalis cumpliría su promesa, le quitaría el vestido de los hombros y le haría el amor... tal y como ella deseaba.

Con dedos temblorosos, dejó la taza en la bandeja. Hacía mucho que no estaba con un hombre. Mucho desde que no se permitía la intimidad y vulnerabilidad de ser deseada. Amada. La asustaba, pero quería que ocurriera.

–¿Por qué pareces asustada? –preguntó Khalis–. Aquí estamos seguros.

–No estoy asustada –dijo alzando la vista para mirarlo a los ojos. No tenía miedo de él, y Loukas no podía descubrirla allí. Tenía miedo de sí misma, del anhelo que atenazaba su cuerpo, su mente y tal vez su corazón. Al día siguiente tendría que alejarse de todo eso.

–¿Quieres que volvamos a Alhaja ya?

–No, si no es necesario –sonrió y arqueó una ceja–. ¿Lo es?

–No –contestó Khalis con voz grave–. Podríamos quedarnos aquí.

Grace no sabía si se refería a un rato más o a pasar la noche allí. Miró el enorme almohadón de seda a rayas carmesí y crema, que brillaba a la luz de las antorchas. Parecía increíblemente suave y acogedor y podía imaginarse durmiendo en él. También podía imaginarse no durmiendo.

–¿Más café?

–No, gracias –impulsivamente, se inclinó hacia él–. Bailemos.

–¿Bailar? –Khalis enarcó una ceja.

–Sí, bailar. En la playa –se le había ocurrido de repente. Estaba en una cita, la única que tendría, y quería hacer todo lo que Loukas y sus restricciones le impedían. Quería bailar con Khalis.

–No hay música –Khalis sonrió de medio lado.

–Llevo un vestido de noche y estoy en una isla desierta –Grace se señaló–. ¿Acaso nos hace falta música? –sonrió feliz.

–No, en absoluto –Khalis se levantó y salieron a la playa. La arena estaba fresca y suave bajo los pies descalzos, y la oscuridad los envolvía. La luna se reflejaba en el agua–. Como no hay música, podemos elegir la que nos guste.

Grace apenas lo veía, pero captaba su calor e intensidad, y el deseo que latía entre ellos. Imposible resistirse. Era necesario para la vida.

–¿De qué tipo? –preguntó. Su voz sonó ronca.

–Algo lento y relajado –Khalis la atrajo hacia sí y sus caderas se juntaron. Ella colocó las manos alrededor de su cuello y empezaron a moverse–. Un saxofón, quizás. ¿Te gusta el saxo?

–Saxo –repitió Grace ensimismada. Khalis había llevado las manos a sus caderas y en ese momento estaban sobre su trasero y la atraían hacia su cuerpo. Notó su erección–. Sí... eso creo.

–Bien –murmuró él. Se movieron lentamente en silencio. Grace habría jurado que oía la música de un saxo mientras bailaban sobre la arena.

Sobre ellos, el cielo estaba tachonado de estrellas. Grace apoyó la cabeza en el hombro de Khalis. Un momento después, alzó la cabeza y la echó hacia atrás para mirarlo a los ojos. Sus labios estaban muy cerca. La sensualidad somnolienta del baile fue reemplazada por algo más primitivo y urgente, algo de fuerza abrumadora e irresistible.

–Khalis –susurró, cuando él acarició su mejilla.

–Me encanta cuando dices mi nombre.

–Pues me resistí mucho a hacerlo –giró la cabeza para rozar sus dedos con los labios. Se sentía despreocupada y casi libertina, una sensación agradable tras cuatro años de control.

Khalis se estremeció cuando ella le lamió la punta de los dedos. La tomó de la barbilla y la miró con una ferocidad que le habría dado miedo si ella no sintiera lo mismo.

Después la besó con fuerza, un beso muy distinto al de esa tarde. El aire pareció chisporrotear a su alrededor, y las estrellas explotaron en el cielo cuando Grace le devolvió el beso. Khalis, apretándola contra él, deslizó la boca a su mandíbula y a su cuello. Grace dejó escapar un desesperado gemido de anhelo.

–Este vestido se va a llenar de arena –murmuró Khalis contra su cuello. Grace rio, temblorosa.

–Me da igual. Aunque a ti podría importarte –le costó hablar, porque ni siquiera podía pensar. Khalis había soltado el cuello del vestido y se lo quitaba lentamente, tal y como había prometido.

–Este vestido no importa en absoluto –murmuró, deslizándolo hacia abajo.

–Es bellísimo –Grace gimió cuando él lo dejó caer en la arena–. Lo era –corrigió.

–Grace, tú eres bellísima –Khalis la miró de arriba abajo–. Total y terriblemente bella.

Ella tendría que haber sentido vergüenza de estar en bragas en mitad de una playa, pero no la sentía. No llevaba sujetador, porque no tenía uno adecuado para el vestido. Sus pezones se erizaron.

–¿Terriblemente? Eso suena alarmante.

–Es alarmante –dijo Khalis, poniendo las manos sobre sus senos. Tenía las palmas calientes y secas, pero aun así Grace se estremeció–. Para mí es alarmante lo que siento por ti.

–Bésame –pidió. Para ella también era alarmante. Aterrador y maravilloso a un tiempo. Cuando Khalis posó los labios en los suyos, cerró los ojos. Él profundizó el beso, pero solo un momento. Después se apartó un poco.

–Abre los ojos –dijo, acariciando sus párpados.

–¿Qué? –abrió los ojos y lo miró la curva de su boca, que se había endurecido levemente.

–No apagues la mente, Grace. Te estoy haciendo el amor a ti, en cuerpo, mente y alma.

–No pides demasiado, ¿eh?

—Solo lo pido todo —reclamó su boca con un beso duro e inflexible, como Grace sabía que era él en lo más profundo. Por gentil y tierno que fuera, no dejaba de ser peligroso—. Bésame tú también —farfulló él contra su boca. Ella no dudó en hacerlo.

Él la apretó contra sí, aplastando sus senos contra su torso, mientras deslizaba las manos por su espalda y le bajaba las bragas. Después, sin dejar de mirarla, empezó a desabrocharse la camisa. Hipnotizada, Grace contempló cómo se desvestía, olvidando su desnudez y perdiéndose en el pecho musculoso, de piel dorada y brillante. Una hilera de vello descendía hacia su pelvis. Khalis se desabrochó el cinturón y ella tragó aire.

Segundos después ambos estaban desnudos. Grace intentó no tiritar. La mirada ardiente de Khalis era bastante para encenderla, pero no podía librarse de la sensación de vulnerabilidad que la asaltaba y le daba frío. Había olvidado lo íntimo que era todo eso. Llevaba mucho tiempo tras una barricada, protegiéndose. Y ahora estaba desnuda.

Al menos físicamente. Grace sabía que emocionalmente seguía tan cerrada como siempre. Más que nunca, mientras Khalis la llevaba de vuelta a la tienda y la tumbaba sobre los opulentos almohadones, deseó contarle el último de sus secretos. Desnudar su alma. Quería ser entendida y aceptada. Perdonada. Amada.

Pero no sabía cómo empezar y el placer, ganó la partida. Khalis trazó un sendero de besos desde su cuello a su abdomen, y el deseo dispersó sus pensamientos. La boca siguió bajando y lamiendo; minutos después ya no había escapatoria.

Faltaba algo. Incluso mientras oía los gemidos y ronroneos de Grace, con su propia libido disparada, Khalis supo que no era suficiente. Quería más de Grace, más que una respuesta física. Quería derrumbar las defensas que había erigido a su alrededor. La quería abierta a él en cuerpo y mente, en corazón y alma.

Nunca había querido tanto de una mujer, pero ninguna le había hecho sentirse así. Sin embargo, mientras ella se arqueaba hacia sus caricias, Khalis supo que estaba cerrando su mente. Y su corazón.

–Mírame, Grace.

–¿Qué? –abrió los ojos, desenfocados y nublados por la pasión–. Por favor... –suplicó.

Él sabía lo que deseaba, y él deseaba lo mismo. Con un solo movimiento podía hundirse en ella y satisfacerlos a ambos. Pero se quedó quieto.

–Di mi nombre.

–¿Por qué...? –su voz sonó confusa.

–Di mi nombre –repitió.

No era mucho, pero era un principio. Ella tenía que reconocerlo, aceptar la conexión que los unía. No permitiría que sus recuerdos y sus miedos lo echaran de su vida. Grace siguió en silencio.

–Por favor –suplicó, con la frente perlada de sudor. No podía contenerse mucho tiempo más.

La expresión de ella se suavizó y sus ojos se humedecieron.

–Khalis –musitó.

Con un primitivo gruñido de satisfacción se hundió en ella, disfrutando de la bienvenida calidez que lo rodeó.

–Khalis –repitió ella, clavando la uñas en sus hombros y arqueando el cuerpo hacia arriba.

Él se sintió triunfal cuando escalaron juntos hacia el clímax. Grace gritó en voz alta, rodeando su cuerpo con las piernas. El nombre sonó como una súplica y una bendición mientras su cuerpo se convulsionaba alrededor del de él.

Capítulo 8

G RACE, acurrucada en brazos de Khalis, no pudo evitar que las lágrimas se deslizaran por su rostro. Cerró los ojos, pero siguieron cayendo, lágrimas de júbilo y amargura. Nunca se había sentido tan cerca de un hombre, y sin embargo tan lejos. Había tenido miedo de abrirle su corazón, cuerpo y alma, miedo de sus propias emociones. Había resistido hasta el final, y luego...

Su corazón se había abierto por completo y en vez de sentirlo como el final, le había parecido un principio. Vida en lugar de muerte, esperanza en vez de miedo. Tendría que haber adivinado que con Khalis sería distinto y maravilloso.

Pero, ¿cómo podía durar eso?

Lloraba en silencio para que Khalis no la oyera, pero él debió percibirlo, al igual que muchas otras cosas antes. Llevó las manos a su cara y le limpió las lágrimas con los pulgares, sin hablar. Tras un largo rato, Grace inhaló con fuerza.

–Cuéntamelo –pidió, Khalis besando su hombro y sin dejar de rodearla con los brazos.

Grace cerró los ojos. Se le escapó otra lágrima. Quería contarle todo sobre su desastroso matrimonio, su estúpido y egoísta error, el amargo divorcio y sus inacabables secuelas. Le había dado tan pocos detalles que él la creía mucho más víctima de lo que era. Se imaginó contándole todo, cada sórdido secreto, y comprendió que, aunque sería un alivio, también sería difícil y doloroso. Y cambiaría la forma de mirarla de Khalis. Inspiró y se puso de espaldas.

–Había pasado mucho tiempo –dijo, intentando sonreír–. Estoy un poco sensible.

–Estás triste –dijo Khalis, estudiando los surcos que las lágrimas habían dejado en su rostro.

–Y feliz –besó la palma de su mano–. Muy feliz.

Khalis no parecía convencido pero, para alivio de Grace, lo dejó pasar. Se quedó envuelta en sus brazos, mirando la oscuridad y saboreando la calidez de sentirlo a su lado. Finalmente, durmió.

Cuando se despertó, el sol iluminaba la tienda y Khalis no estaba. Sabía que no podía haber ido lejos, así que siguió recostada en los almohadones recordando y disfrutando del breve episodio de felicidad. Después se levantó y se envolvió en el echarpe de gasa; su vestido estaba sobre la arena a unos metros de allí.

Khalis apareció, volviendo de la playa, con aspecto alerta y lleno de energía. Llevaba una toalla enrollada en las caderas y tenía el pelo húmedo y de punta.

–Buenos días –sonrió y Grace se derritió.

–Buenos días. ¿Te has dado un baño en el mar?

–Sí, una manera muy refrescante de empezar el día –confirmó él–. ¿Has dormido bien?

–Sí.

–Tardaste mucho en dormirte.

–¿Cómo sabes eso?

–Supongo que lo percibí.

–Me resultó raro dormir junto a alguien –admitió Grace–. Pero agradable.

–Me alegro –sin ápice de modestia, Khalis dejó caer la toalla y empezó a vestirse. Grace observó cómo se ponía unos vaqueros desteñidos.

–¿De dónde has sacado esa ropa? –preguntó, para distraerse de la visión de su cuerpo desnudo.

–Traje una bolsa con ropa para los dos –sonrió–. Por si acaso.

–Estabas muy seguro de ti mismo, ¿eh? –Grace sonrió y se sonrojó a la vez.

–Me gusta estar preparado –empezó a ponerse una camiseta–. He pensado que podíamos dar una vuelta por la isla esta mañana –dijo–. Aunque no hay mucho que ver.

–Eso suena bien –cualquier cosa por ampliar el tiempo que iban a pasar juntos.

Khalis se sentó en el almohadón, con expresión seria. Le puso una mano en la rodilla.

–Y esta noche quiero volar a París contigo.

–¿Qué? –preguntó, atónita.

–He llamado al jefe de mi equipo legal y le he hecho algunas preguntas –explicó Khalis–. Ese acuerdo de custodia no es legal, Grace. Podemos recurrir. Puede que incluso encontremos algo en contra de Christofides. Dudo que esté limpio. Mi equipo lo está investigando ahora...

–¿Cómo sabes su apellido? –Grace estaba paralizada–. No te lo he dicho.

–He investigado.

–Pensé que no te gustaba rebuscar en Internet.

–A veces está justificado –su rostro se tensó.

–¿Lo está? –Grace soltó una risa amarga.

–¿Qué ocurre, Grace? Pensé que te alegraría oírlo. Quiero luchar por ti. Y por tu hija.

–Tendrías que haberme dicho que estabas haciendo

esas cosas –movió la cabeza, intentando negar la esperanza que había prendido en ella.

–Quería tener información antes de decirte...

–No me guste que me mangoneen –lo cortó ella con acidez–. No me gusta nada.

–Es eso lo que te hacía él –preguntó Khalis tras un breve silencio–. ¿Mangonearte? ¿Tenerte prisionera en un isla?

–Algo parecido –contestó Grace, mirándolo.

–Yo no soy tu exmarido.

–Lo sé –casi escupió ella. La conversación estaba haciendo que se sintiera más expuesta que nunca. Expuesta y escondida a la vez. Su relación era un lío de contradicciones. Una paradoja de placer y dolor. Secretos y sinceridad. Esperanza y desesperación–. Lo sé –repitió con más calma–. Pero no es tan sencillo, Khalis. Tendrías que habérmelo comentado antes de interferir.

–¿Interferir? Pensé que estaba ayudándote.

–Hay cosas... –calló y se mordió el interior de la mejilla–. Cosas que no te he dicho.

–Entonces dímelas. Sea lo que sea, cuéntamelo.

Ella lo miró, intentando encontrar las palabras adecuadas. Formularlas. Eran unas simples frases, pero podían cambiarlo todo. Y eso le daba miedo.

–Grace –envolvió su mano con la suya–. Sea lo que sea, ocurriera lo que ocurriera entre tu marido y tú, puedo procesarlo. He visto muchas cosas en este mundo. Cosas terribles.

–Estás hablando de tu padre.

–Sí...

–Pero te alejaste de él. De todas esas cosas.

–Por supuesto que sí –reflexionó un momento–. No sé qué te hizo tu marido, pero lo odio por ello. Nunca lo perdonaré por hacerte daño.

Despacio, Grace alzó la vista hacia él. Parecía totalmente sincero. Había dicho esas palabras con ánimo de reconfortarla, pero había conseguido lo contrario. «Nunca lo perdonaré por hacerte daño. Nunca perdonaré. Nunca perdonaré». La promesa resonó en su mente como un eco y apartó la mano.

—No tiene sentido discutir esto —dijo, levantándose de la cama de almohadones—. ¿Has dicho que me habías traído ropa?

Khalis se había quedado muy quieto y la seguía con la vista mientras buscaba la bolsa de ropa.

—¿Por qué no tiene sentido?

Grace sacó unos pantalones y una camiseta de la bolsa. Se enderezó y se volvió hacia él.

—Porque no quiero que vueles a París conmigo. No quiero que llames a tu equipo legal y me digas qué hacer. No te quiero a ti —cada palabra era un martillazo para su corazón, y para el de él. Eran mentiras, pero las decía en serio. Grace pensó que se enfrentaba a la peor de las contradicciones: estaba rompiendo el corazón de un hombre sin corazón. Amaba a alguien que no podía corresponderla, aunque creyera que la amaba.

—No te creo —aseveró Khalis unos minutos después, con rostro inexpresivo pero tenso.

—¿Tengo que deletreártelo?

—Tienes miedo.

—Deja de decirme lo que siento —soltó Grace—. Deja de decidir lo que hay entre nosotros. No dejas de decirme lo que siento, como si lo supieras. Pero no lo sabes. No sabes nada.

—Si hay algo que no sé, es porque no me lo has contado —replicó Khalis con voz templada.

—Tal vez no te lo haya contado porque no quiero —le devolvió Grace. Estaba rota y furiosa al mismo tiempo.

Tenía miedo de que la rechazara si le decía la verdad, pero estaba lo bastante enojada para rechazarlo a él. Nada tenía sentido–. Llévame a Alhaja. Volveré a París por mis propios medios.

–¿Y cómo vas a hacerlo? ¿Nadando? –chispas de ira tornaron los ojos de Khalis verde dorado.

–Si hace falta, sí –le soltó Grace–. No creas que puedes mantenerme en esa maldita isla...

–Ya te he dicho antes que no soy tu exmarido.

–Pues en este momento te le pareces mucho –en cuanto acabó de decirlo, Grace supo que no lo creía. Khalis no se parecía nada a Loukas. Había sido gentil, amable y amoroso; era ella quien lo estaba rechazando. Y lo hacía para evitar que él la rechazara antes. Era una cobarde.

La ira se palpaba en el silencio que los envolvió. Khalis inspiró y su ira pareció convertirse en algo frío y duro como hielo.

–Creí que teníamos algo especial. Sé que suena ridículamente sentimental. No creía en eso hasta que lo sentí contigo –la miró y Grace se estremeció al ver la amargura de sus ojos–. Pero eso de que percibimos lo que siente el otro, ese vínculo que nos unía... todo eso era mentira, ¿verdad? Pura basura.

Grace no contestó. No tenía fuerzas para negarlo, pero tampoco podía decirle la verdad. ¿Cómo podía enamorarse de alguien tan duro e inflexible? ¿Cómo podía creer en la gentileza que él le había mostrado?

–Esta conversación no lleva a ningún sitio –dijo, con voz plana–. Podríamos analizarlo todo y desbrozar cada palabra, pero no vamos a tener una relación –tomó aire–, ¿para qué molestarse?

–Para qué molestarse –repitió él–. Entiendo.

Ella se obligó a enfrentarse a su mirada gélida. Él con rostro serio e implacable, movió la cabeza.

–Creía conocerte, o al menos que empezaba a hacerlo, pero me equivocaba. Eres una auténtica desconocida, ¿verdad? No te conozco en absoluto.

–No, no me conoces –corroboró Grace. Tomó aire–. Creo que ahora deberías llevarme a Alhaja, y después pondré rumbo a casa.

En ese momento, él parecía un hombre distinto. Todo en él era duro, inflexible y colérico. El núcleo revelado. Grace había sabido que estaba ahí, pero hasta entonces no había sentido esa furia fría y dura dirigida contra ella.

–De acuerdo. Iré a preparar el barco –salió de la tienda en dos zancadas y puso rumbo a la playa.

Khalis no volvió a hablarle excepto para darle un par de órdenes cuando subió al barco. Ella lo contempló mientras él miraba al horizonte azul con la mandíbula tensa; volvió a sentir el ridículo y desesperado anhelo de que las cosas pudieran ser distintas. Arriesgarse a contárselo todo con la esperanza de que lo aceptara y entendiera...

Vio cómo estrechaba los ojos para protegerse del sol y recordó todo lo que había dicho. Él no perdonaba. No quería perdonar. Era un hombre que imponía unos estándares muy altos, a sí mismo y a los demás. Ella no estaba a la altura y nada podía cambiar eso. No se merecía su amor.

Las lágrimas le atenazaron la garganta e irritaron su ojos, furiosa por ello, Grace parpadeó. No iba a sentir lástima de sí misma a esas alturas. Además de ser una idiotez, era demasiado tarde.

Alhaja apareció en la distancia, una media luna verde, y poco después los muros con alambre de espino y cristales rotos se hicieron visibles.

Khalis amarró el bote y apagó el motor. Ambos se quedaron sentados, sin hablar ni mirarse.

–Recoge tus cosas –dijo él por fin–. Haré que alguien te lleve de vuelta a París.

–Puedo encontrar transporte desde Taormina. Si alguien pudiera...

–Yo me ocuparé –interrumpió él, brusco. Se volvió hacia ella y Grace vio el pozo de emoción de sus ojos color ágata; deseó aullar de angustia y pérdida. Él curvó los labios con algo parecido a una sonrisa y alzó la mano como si fuera a tocarla. Grace se tensó de anticipación, pero él volvió a dejar caer la mano–. Adiós Grace –dijo. Bajó del barco de un salto y se alejó por el muelle.

La furia llevó a Khalis a la piscina. Tenía que librarse de su frustración, y su dolor. Era estúpido sentirse herido como un perrito apaleado.

Se tiró de cabeza y surcó el agua con brazadas rápidas y seguras. Había sido un sentimental, estúpidamente romántico, y había sido ella quien lo había dejado claro: «No te quiero». Se sentía patético. Patético y herido.

Se había cegado, haciendo oídos sordos cuando ella decía «No puedo tener una relación contigo». Había creído que estaba asustada, herida por su exmarido; y tal vez fuera así. Quizás lo había rechazado por miedo. Había querido rescatarla como si fuera una princesa en una torre, pero ella no quería ser rescatada, ni amada. En realidad, no la conocía. La gente no se enamoraba tan rápida y repentinamente. Se suponía que el amor crecía durante meses y años, no en unos pocos días.

Khalis completó otro largo y salió de la piscina. Incluso en ese momento, jadeando y con los pulmones ardiendo, no podía sacársela de la cabeza. Los ojos chocolate, oscuros de dolor e iluminados por la risa. La boca hinchada y roja tras ser besada. El sonido claro y puro de su risa y la forma en que lo miraba, con tanta atención que se sentía alto como una montaña. La suavidad de su cuerpo y cómo se había sentido dentro de ella: como si hubiera encontrado su hogar.

Con un gruñido de frustración, volvió a lanzarse al agua y nadó más fuerte y rápido que nunca, como si el ejercicio pudiera parar el pensamiento. En la distancia, un helicóptero despegaba.

Una hora después, duchado y vestido, entró en su despacho. Eric lo esperaba con papeles en la mano.

–Tienes aspecto de querer arrancarle a alguien la cabeza –comentó Eric–. Espero que no sea a mí.

–En absoluto –extendió la mano hacia los papeles. Eric se los dio y enarcó una ceja.

–Si no soy yo, ¿quién entonces? –hizo una pausa–. Espera, creo que puedo adivinarlo.

–No lo hagas –ordenó Khalis–. No es un tema abierto a comentarios.

–Esta isla te está sentando de pena, ¿no?

Khalis contuvo su irritación con esfuerzo. Eric era uno de sus amigos más antiguos y queridos, y solía apreciar sus bromas. Pero desde que había llegado a la isla la tensión lo atenazaba, quitando vida y esperanza al aire. Grace lo había distraído, pero su rechazo había empeorado las cosas.

–No es la isla –dijo–. Solo quiero solucionar todo esto rápido y volver a mi vida real –Khalis pensó que no estaba seguro de poder hacer eso, no después de haber conocido a Grace.

–No me importaría pasar unas semanas más tirado al sol –dijo Eric, aunque había hecho de todo menos relajarse desde su llegada a Alhaja–. ¿Necesitas algo más?

–No... –Khalis se mesó el cabello–. Sí. Quiero que descubras cuanto puedas sobre Grace Turner.

–¿Todo? –preguntó Eric dubitativo–. ¿Estás seguro de que quieres hacer eso?

–Sí –Khalis apretó los dientes.

–Como tú digas –Eric lo miró pensativo, encogió los hombros y salió del despacho.

Para cuando Grace llegó a su apartamento en el Barrio Latino de París, se sentía agotada física y emocionalmente. El helicóptero de Khalis la había llevado a Taormina y un jet privado a París. Incluso cuando debía odiarla, era considerado. Grace casi deseó que no fuera así. Era más fácil seguir airada cuando él se comportaba de forma arrogante y controladora. Cuando era amable y gentil, el anhelo y el miedo asolaban su corazón.

Había sido demasiado fácil enamorarse de él.

Grace desechó esa idea. En su vida no había sitio ni libertad para el amor. Volvería a cerrar su corazón. El amor conducía al dolor. Lo había visto con Loukas cuando la dejaba sola en la isla, atrapada y triste, medio loca de soledad.

En cuanto a Andrew... No pensaría en Andrew.

Dejó la bolsa en el suelo y se quitó los zapatos. Se acurrucó en el sofá, deseando poder poner la mente en blanco. Dejar de recordar no a Loukas ni a Andrew, sino a Khalis. Khalis sonriendo, bromeando, provocando su risa.

«La verdad, ese parece algo que mi ahijada de cinco años podría pintar en la guardería». La boca de Grace se curvó con una sonrisa aunque le escocían los ojos. Khalis besándola con dulzura, haciendo que se sintiera segura, adorada.

Las lágrimas empezaron a desbordarse y Grace enterró el rostro entre las manos. Se preguntó si había sido un error no confiar en él. Si le hubiera contado lo que había hecho, ¿la habría perdonado?

Recordó los ojos fruncidos de Khalis, sus labios apretados y firmes formando una línea.

«Eres muy comprensiva, mucho más que yo».

Él no era comprensivo. No la perdonaría. Que se hubiera enamorado de él no cambiaba lo que él era. Ni lo que ella no podía ser.

Capítulo 9

GRACE pasó la copa de champán, intacta, a la otra mano e intentó concentrarse en lo que decía la mujer madura que tenía enfrente. Captaba alguna palabra y hacía los ruiditos de interés apropiados, pero todo su cuerpo y su mente zumbaban con la certeza de que Khalis estaría allí esa noche. Después de dos meses, volvería a verlo.

Su cuerpo estaba tenso como un muelle. No había tenido ningún contacto con Khalis, pero sí había intercambiado algunos mensajes con Eric, para organizar el traslado de la colección de arte. Khalis, por supuesto, había seguido todos los procedimientos legales para autenticar las obras y entregarlas a las autoridades pertinentes. La gala de esa noche era para celebrar el retorno de varios cuadros al Louvre, así como la generosa donación de un Monet, una de las pocas piezas de la colección de su padre que no era robada.

La gala se celebraba en el impresionante patio del Louvre, y la pirámide de cristal destellaba bajo los rayos del sol poniente. Estaban a principios de verano y el aire era cálido y fragrante. Grace tomó un sorbo de champán y miró a su alrededor. Khalis no había llegado, o ella lo habría notado.

Grace se preguntó qué le diría cuando llegara. Cómo se comportaría. La prudencia exigía que mantuviera una distancia profesional, pero esos dos meses habían intensificado su anhelo por él y temía traicionar sus sentimientos cuando lo viera.

Intentó volver a concentrarse en la mujer, pero unos segundos después se sintió como si alguien la iluminara con un foco, aunque nada había cambiado. Sintió un cosquilleo en la espalda y supo que él estaba allí.

Casi sin saber lo que decía, se excusó y se alejó, buscando discretamente entre la gente. No tardó en verlo; era como si estuviera conectada a él por un imán. Estaba solo, alto y erguido, mirando por encima de la multitud, en el extremo opuesto del patio. Entonces, esa mirada fría se detuvo en ella, y Grace contuvo el aliento. Se miraron durante un minuto interminable.

Después, Khalis desvió la mirada, sin llegar a reconocer su presencia. Con la cabeza muy alta, Grace se dirigió hacia otro grupo de invitados, obligándose a escuchar su parloteo. ¿Qué había esperado? ¿Acaso que Khalis corriera hacia ella y la saludara? ¿Acaso que la besara? Ella ni siquiera habría querido eso; no podía quererlo. Aun así, sintió dolor. No por decepción, porque Grace no había esperado nada de él esa noche, sino por la agonía de recordar lo perdido.

De alguna manera consiguió pasar la hora siguiente escuchando, asintiendo y musitando naderías, sin fijarse en lo que decía. Le dolía el cuerpo con la cercanía de Khalis y, sin mirar, tenía la certeza de saber dónde estaba. Era asombroso, y alarmante, que aún existiera esa conexión que habían admitido... y ella negado después.

La velada se eternizó, dolorosamente lenta, mientras Grace, instintivamente, seguía a Khalis de reojo por el patio. Estaba guapísimo con un traje oscuro y corbata gris plata, tan esbelto, poderoso y atractivo como siempre. Recordó lo cálida y satinada que había sido su piel, lo completa que se había sentido en sus brazos.

Tras la hora social y media hora de discursos, estaba deseando irse a la cama. La tensión agarrotaba sus hombros y sentía las primeras punzadas de una de las migrañas debidas al estrés que sufría desde su divorcio. La fiesta se había trasladado al interior del Pabellón Denon. Grace se quedó en la parte de atrás de la galería mientras el director del museo alababa el gran servicio al público que había hecho Khalis al devolver tantas obras de arte famosas al lugar que les correspondía. Se le encogió el corazón cuando Khalis subió al podio y habló con elocuencia sobre su deber de «redimir lo que se había abandonado, y encontrar lo perdido».

«Bonitas palabras», pensó Grace, rabiosa. Cuando había hablado con él, no había parecido interesado en la redención. Con respecto a su padre había sido frío, duro e inflexible.

«Y tenías miedo de que fuera igual contigo. Por eso huiste como una niña asustada».

Pero Grace solo podía pensar en una niña: en Katerina. Solo con recordar sus mejillas de manzana, sus trenzas oscuras y su sonrisa desdentada se emocionaba. Tenía que olvidarse de Khalis, por el bien de Katerina y por el propio.

Cuando acabaron los discursos, Grace se disculpó y abandonó la fiesta.

El resto del museo estaba silencioso y oscuro, y era raro deambular sola entre arte tan valioso. Por supuesto, todo estaba conectado al sistema de seguridad y había vigilantes en todas las salidas, pero Grace podía hacerse la ilusión de soledad.

Bajó la escalera, y dejaba atrás la estatua de *La Victoria de Samotracia*, cuando una voz la detuvo.

–¿Ya te marchas?

Se dio media vuelta y vio a Khalis bajando la escalera para reunirse con ella.

–Necesitaba aire –en ese momento necesitaba aún más porque verlo le había quitado el aliento.

Él se detuvo a un paso de ella; en la penumbra, Grace no pudo interpretar su expresión. Tenía los ojos entrecerrados, pero no sabía si por preocupación, enfado o indiferencia.

–¿Está empezando una de tus migrañas?

–Ha sido un día largo –encogió los hombros.

–Pareces cansada.

–Lo estoy –se preguntó por qué le importaba, pero le gustó que fuera así–. Debería irme –dijo.

–No te he olvidado, Grace –su voz sonó grave, firme y muy sincera. Ella ladeó la cabeza, sintiendo otra intensa oleada de pérdida.

–Tendrías que haberlo hecho.

–¿Me has olvidado tú?

–No, claro que no –se apartó un paso de él. No deberían estar allí, conversando a solas.

–¿Claro que no? –repitió Khalis. Se acercó más, bloqueando su vía de escape hacia la escalera. Ella volvió la vista hacia Nike, sin cabeza ni brazos pero magnífica, la única testigo de su encuentro–. Eso me sorprende.

Ella no dijo nada, se limitó a mirarlo, bebiendo su imagen, memorizando sus rasgos. Lo había echado de menos y seguía haciéndolo. Lo quería.

–La última vez que te vi, me diste la clara impresión de que querías olvidarme.

–Quería hacerlo –contestó Grace–. Pero no pude –cerró los ojos al ver que él se acercaba más, envolviéndola con su calor y su aroma–. No...

–No ¿qué? ¿No recuerdas lo bien que estuvimos juntos? –lenta y deliberadamente, estiró la mano y trazó la línea de su pómulo. Tocó sus labios con el pulgar y Grace se estremeció.

—Por favor...

—Aún la tenemos, Grace. Esa conexión entre nosotros. Sigue ahí.

—Sí, es cierto, pero no importa —abrió los ojos, furiosa, temerosa y desesperanzada a la vez.

—No haces más que decir eso, pero no lo creo.

—Ya te dije...

—No me dijiste nada. Sigo esperando, Grace. Esperando y queriendo entender —apretó los dientes al ver que ella negaba con la cabeza—. Quiero darte una segunda oportunidad.

—No lo hagas, Khalis.

—Aún me quieres...

—¡Claro que sí! —gritó ella, hecha un manojo de nervios—. No lo niego. ¿Satisfecho?

—En absoluto —sin darle tiempo a protestar, la atrajo hacia él y la besó con fuerza y dureza.

Grace se entregó al beso una deliciosa fracción de segundo, llevando las manos a sus hombros y apretándose contra él. Luego se apartó de golpe.

—¡No! —gritó, jadeando.

—¿Por qué te alejaste de mí? —Khalis respiraba con agitación y sus ojos destellaban puro fuego.

—Porque tenía miedo de que me odiaras si me quedaba —las lágrimas le quemaron los ojos. Oyó un ruido en la escalera y sintió pánico. Movió la cabeza, incapaz de mirarlo—. Déjame en paz —susurró—. Por favor.

Después corrió escaleras abajo.

De vuelta en su apartamento, Grace se quitó el vestido de cóctel y se dio una larga ducha caliente, intentando borrar la impronta de la boca de Khalis en la suya, el deseo que había encendido en ella. No podía creer que aún la deseara. Había pensado que a esas alturas la odiaría, y que no fuera así hacía que olvidarlo fuera mucho más difícil.

Tras la ducha, se puso su pijama más cómodo y sacó el álbum de fotos del estante superior de la librería que había en su habitación. Intentaba no mirarlo a menudo porque dolía demasiado. Sin embargo, esa noche necesitaba recordarse lo que había perdido, y cuánto más podía perder.

Katerina al nacer, con la cara diminuta, arrugada y roja. Con seis semanas, dormida en su cochecito. A los seis meses, con un puño metido en la boca y los ojos del mismo marrón que los de Grace. Dando sus primeros pasos con un año. Después, entonces, solo estaban las fotos que Grace le sacaba cuando la veía en Atenas, una vez al mes. Las miró anhelante, como si pudiera rellenar las muchas partes que le faltaban de los últimos cuatro años de su hija. Pensó que Loukas lo había organizado perfectamente: veía a Katerina lo suficiente para que la niña la recordara, pero no lo bastante para que la quisiera como una niña quería a su madre. Como Grace amaba a su hija.

Un golpe en la puerta la sobresaltó. Cerró el álbum y lo devolvió a su sitio. Su corazón se había desbocado, sabía perfectamente quién llamaba.

–Hola, Khalis –lo saludó. Observó que tenía el cuerpo tenso, como un depredador a punto de saltar, pero estaba tan magnífico como siempre.

–¿Puedo entrar?

Ella asintió y se hizo a un lado para que entrara. Khalis entró en su pequeña salita de techos inclinados y muebles antiguos, dominando el espacio. Para sorpresa de Grace, sacó unos papeles doblados del bolsillo interior de la chaqueta y los dejó caer sobre la mesita de café.

–¿Qué es eso?

–Un informe sobre ti.

–¿Sobre mí?

–Después de que te fueras, pedí a Eric que investigara tus antecedentes –señaló el montón de papeles y apretó los labios–. Me dio eso.

Grace contempló su expresión dura, los ojos entrecerrados y la boca prieta, y tragó saliva. Sabía qué tipo de artículos había publicado la prensa amarilla. Sórdidas especulaciones sobre la razón de que Loukas Christofides, el magnate naviero griego, se hubiera divorciado de su esposa de repente, negándole la custodia de su hija.

–Habrá sido una lectura interesante –dijo.

–No, la verdad es que no.

–¿Qué quieres decir? –lo miró confusa.

–No lo he leído.

–¿Por qué no?

–Porque incluso ahora creo que compartimos algo en esa isla, algo importante y distinto. No sé por qué huiste de mí, pero quiero entender –la abrasó con la mirada–. Ayúdame a hacerlo, Grace.

¿Cómo resistirse a una petición como esa? Cabía la posibilidad de que pudiera entenderlo. Tragó saliva, su corazón tronaba como un tambor.

–Es una historia larga –musitó.

–Tengo todo el tiempo del mundo –se sentó en el sofá–. ¿Por qué dijiste que podría odiarte? –preguntó cuando vio que el silencio se alargaba.

Grace sabía que la imaginaba como una víctima inocente. Había llegado la hora de decirle la verdad. Tal vez saliera de allí odiándola como nunca. «O tal vez lo entienda, perdone y te ame más que nunca», sugirió la voz de la esperanza. Se sentó frente a él con las manos entre las rodillas.

–Te he hablado de mi matrimonio. De Loukas.

–Un poco –afirmó Khalis con naturalidad.

–Y de que nuestro matrimonio fue problemático –Grace calló, aún no había dicho nada y todas las explicaciones le sonaban a excusa.

–Sí, soy consciente de eso, Grace.

Ella cerró los ojos. Él no sabía lo infeliz que había sido, atrapada en esa maldita isla. Pero si intentaba explicarle lo desesperada, sola y asustada que se había sentido, parecería que quería justificar sus acciones. Khalis no se había excusado por aceptar la ayuda de su padre tras comprender lo corrupto que era. Ella tampoco lo haría.

–Grace –dijo él con un tono de impaciencia.

Grace suspiró y abrió los ojos. Solo había una manera de decirle la verdad. Sin explicaciones, razones o excusas. Limitándose a los crudos y sórdidos hechos. Y ya vería cómo reaccionaba él.

–Te habrás preguntado cómo consiguió Loukas la custodia total de Katerina.

–Supuse que tenía contactos, que había sobornado a un juez –hizo una pausa–. Es lo que dejaste entrever.

–Sí, pero hay más que eso. La verdad es que declaró que yo era una madre incapaz –señaló los papeles–. Si leyeras esos artículos, lo verías. Hizo que pareciera irresponsable, negligente... –tragó saliva y se obligó a seguir–. Para cuando acabó, cualquiera habría creído que mi hija no me importaba lo más mínimo.

–Pero se habrían equivocado, ¿no?

–Se habrían equivocado al pensar que no me importaba –musitó Grace, frotándose los ojos–. Pero no al pensar que había sido negligente –tomó aire, temblorosa–. Lo fui.

Khalis se quedó callado un momento. Grace se

obligó a mirarlo, pero no pudo interpretar su expresión. En cualquier caso, estaba resignada.

–Negligente –repitió él–. ¿De qué manera?

De nuevo, Grace titubeó. Deseaba defenderse, explicar que no había pretendido ser negligente, que nunca había puesto a Katerina en peligro, pero no tenía sentido. Lo cierto era que había traicionado a su marido. A su familia. A sí misma.

–Tuve una aventura.

Khalis se limitó a parpadear, pero Grace percibió su rechazo. Estaba sorprendido, por supuesto. Atónito. Había esperado algo que inspirase compasión, tal vez depresión postparto o un esposo maltratador, o algo así. Siempre había pensado que ella era la herida, no que era la causante del dolor. No había pensado en una sórdida y adúltera aventura sexual.

–Una aventura –repitió él, inexpresivo.

–Sí –confirmó ella–. Con el encargado del mantenimiento en la isla: jardinería, reparaciones en la casa...

–Me da igual lo que hiciera.

–Lo sé. Es solo... –movió la cabeza–. Ya te dije que no quería contártelo.

–Y mientras tenías esta aventura, ¿fuiste negligente con tu hija? –preguntó él, tras un largo y terrible silencio, peor que mil palabras.

–Nunca la puse en peligro ni nada de eso –susurró ella–. La quería. Aún la quiero –le tembló la voz e intentó controlarse. Khalis necesitaba oír los hechos sin lágrimas ni sensiblería–. Todo ese periodo es un borrón. Era tan infeliz... Simplemente, no fui la madre que quería ser.

–Ni la esposa, por lo visto.

–Sé cómo suena –Grace parpadeó, el comentario de él había sido como una puñalada al corazón–. Tal vez sea un borrón porque no quiero recordar –sin embargo, tampoco había sido capaz de olvidarlo por completo, otra contradicción–. No intento excusarme. Solo intento explicar...

–El porqué de esa aventura –interrumpió él.

–Que en realidad no recuerdo nada.

–Es muy conveniente eso de no acordarte.

–No estoy mintiendo, Khalis.

–Podría decir que me has mentido desde el momento en que te conocí...

–¡Eso no es justo! –alzó la voz–. ¿Por qué iba a decirte algo así sin conocerte? –estiró la mano simulando una presentación–. Hola, me llamo Grace Turner, soy tasadora de arte y adúltera.

–Hubo muchas oportunidades después de eso –gruñó Khalis. Se levantó del sofá y empezó a caminar por la habitación–. Cuando supiste lo que sentía por ti...

–Lo sé –susurró ella–. Admito que tenía miedo. No quería que me miraras... como me estás mirando ahora.

Una mirada inexpresiva, como si no pudiera decidir si era una extraña o una conocida.

Y ella lo amaba. Se había enamorado de él en la isla, por su ternura, gentileza y comprensión. Se había enamorado a pesar de la dureza interior que estaba viendo y sintiendo en ese momento. No sabía si ganaría el amor. Esperó su veredicto.

–¿Cuánto tiempo duró esa aventura? –preguntó él por fin.

–Unas seis semanas –contestó, a su pesar.

–¿Y cuánto tiempo llevabas casada?

–Casi dos años.

Khalis no dijo nada. Grace sabía que sonaba horrible. ¿Cómo, casi recién casada y con un bebé, había buscado a otro hombre? ¿Qué clase de mujer engañaba a su marido y perdía a su hija?

Ella lo había hecho. Y si no había podido olvidar ni perdonarse, Khalis tampoco podría.

–Y supongo –dijo Khalis de espaldas a ella, ante la ventana– que tu marido descubrió lo de la aventura y se puso furioso.

–Sí. No quería que nadie supiera que le había... que yo... –hizo una pausa–. Así que en tribunal me acusó de ser una madre negligente.

–Pero no lo fuiste.

–No creo... –sintió un hilillo de esperanza–. No sé lo que fui.

–¿Cómo lo descubrió? –preguntó Khalis.

–¿Necesitas saber tantos detalles? ¿De qué puede servir?

–Os sorprendió en el acto, ¿verdad? –Khalis se dio la vuelta y Grace se estremeció al ver su expresión gélida. Ese era el hombre que había abandonado a su familia–. A ti y a tu amante.

Grace se puso roja; sabía que esa era toda la respuesta que él necesitaba. Bajó los ojos y miró su regazo. No se sentía capaz de soportar la mirada condenatoria que sabía que vería en su rostro.

–Pensaba que habías sido maltratada –Khalis soltó el aire con fuerza–. Emocional o físicamente... algo. Algo terrible. Odiaba a tu exmarido por hacerte daño.

–Lo sé –dijo Grace con la cabeza baja.

–Y todo el tiempo... –calló. Ella, por el rabillo del ojo, vio que recogía su abrigo.

–Lo siento –consiguió decir con esfuerzo. Tenía un nudo en la garganta.

La única respuesta fue el sonido de la puerta cuando Khalis la cerró a su espalda.

Capítulo 10

TIENES aspecto de arroz con leche recalentado
–le dijo Michel a Grace una semana después.

–Eso no suena nada atractivo –cerró la puerta del
despacho de su jefe y enarcó una ceja–. ¿Querías verme?

–Lo digo en serio, Grace. Tienes un aspecto horrible
–Michel la miró con fijeza.

–Hoy estás de lo más halagador.

Él suspiró y se sentó tras el escritorio. Grace esperó,
intentando mantener una expresión amistosa mientras su
cuerpo se tensaba y sentía el golpeteo de una nueva migraña. Esa semana había sido horrible. No había sabido
nada de Khalis desde que salió de su apartamento sin decir palabra, dejándola demasiado vacía y dolida hasta
para llorar. Había pasado de un día a otro como atontada,
pero consciente de que tras el vacío había un abismo de
dolor y desesperación. Pasaba las noches en vela, con los
recuerdos irrumpiendo en su mente como fantasmas.

Recuerdos de su matrimonio, de lo infeliz que se había sentido, de los terribles errores cometidos. Recuerdos de tener a Katerina en brazos por primera vez, del
intenso júbilo al besar su cabecita arrugada. Recuerdos
del juicio que la había dejado casi deseando la llegada
de la muerte.

Recuerdos de Khalis.

Se había concedido una noche creyendo que los recuerdos le servirían de apoyo, pero no era así. La ator-

mentaban con su dulzura, y tumbada en la cama con los ojos cerrados, imaginaba que sentía sus brazos rodeándola, su cuerpo junto al de ella, su pulgar limpiándole una lágrima de la mejilla.

A veces llegaba el sueño, y siempre el amanecer, y pasaba otro día a trompicones.

–¿Querías algo? –preguntó Grace, manteniendo la sonrisa con esfuerzo. Michel suspiró, unió las puntas de los dedos y apoyó la barbilla en ellas.

–No exactamente. Khalis Tannous ha donado las dos últimas obras de la colección de su padre.

–¿Los Leonardos?

–Sí.

–¿Y adónde van? –preguntó Grace, intentando simular un interés meramente profesional.

–Al Fitzwilliam de Cambridge.

«El Fitzwilliam de Cambridge era como mi segundo hogar».

–Una elección extraña –Grace giró un poco el rostro para evitar la aguda mirada de Michel.

–¿En serio? A mí me pareció muy apropiada.

–¿Qué quieres decir?

–Vamos, Grace. Es obvio para cualquiera que tenga ojos en la cara que en esa isla ocurrió algo entre Tannous y tú.

–Ya –dijo Grace tras una breve pausa.

–Y que eso te entristeció más aún –continúo Michel–. Tenía la esperanza de que Tannous te devolviera a la vida...

–No estaba muerta –interpuso Grace.

–Casi –Michel sonrió con amargura–. Soy tu jefe, Grace, pero te conozco desde que eras una niña y me importas. Nunca me gustó verte tan infeliz, y ahora me gusta aún menos. Pensé que Tannous podría ayudarte...

–¿Por eso insististe en que fuera a esa isla?

–Te envié allí porque eres la mejor tasadora de arte renacentista. Pero confieso que no me gusta el resultado –la miró con seriedad–. Harías perder la sonrisa a la Mona Lisa.

–Lo siento –Grace recordó la media sonrisa de Leda y movió la cabeza–. Intentaré...

–No lo sientas –la cortó Michel impaciente–. No te he hecho venir para que te disculpes.

–¿A qué entonces?

–¿Qué te hizo? –preguntó él tras un titubeo.

–Nada, Michel. No me hizo nada.

«Excepto hacer que me enamorara de él».

–Entonces, ¿por qué pareces...?

–¿Arroz con leche recalentado? –le ofreció una sonrisita triste–. Porque lo descubrió –dijo–. Descubrió mi historia.

Por tercera vez, Khalis intentó sacar sentido a las cifras del informe financiero. Disgustado por su falta de concentración, lo apartó y miró por la ventana del despacho de su padre en el distrito de negocios de Roma. Abajo, turistas y oficinistas se afanaban sacando fotos o yendo a almorzar.

Ya tendría que haberla olvidado. O al menos dejado de pensar en ella. Lo había conseguido con su propia familia; ¿por qué no podía hacer lo mismo con una mujer que le había mentido y había traicionado sus votos matrimoniales?

Pero no dejaba de pensar en cómo se habían iluminado sus ojos con súbitos destellos de humor y en que sus labios se curvaban como si no estuviera acostumbrada a sonreír. Recordaba su pasión por el trabajo, la concentración equivalente a la de él. La suavidad de sus senos contra su torso, el cuerpo que le entregaba tan complaciente.

Y también cómo lo había engañado, llevándolo a creer que era inocente, una víctima como Leda. Tendría que habérselo dicho en algún momento. De repente, comprendió que no era eso lo que importaba. Lo que le molestaba era la aventura. Tras una traición tan enorme, ¿cómo podía confiar en ella? ¿Cómo podía amarla?

El zumbido del intercomunicador interrumpió sus elucubraciones.

–Una llamada para usted, señor Tannous, línea uno. No ha dado su nombre, dice que es urgente.

–De acuerdo –dijo con voz tersa. Pagaba a una recepcionista para filtrar sus llamadas, no para que se las pasara sin más–. ¿Sí? –contestó.

–Hola, Khalis.

Los dedos de Khalis se tensaron, su mente se quedó en blanco. Era una voz que no había oído en quince años. La de su hermano.

Un hermano que supuestamente había muerto. La mente de Khalis se convirtió en un torbellino. ¿Estaba también vivo su padre? ¿Qué demonios había ocurrido? Tragó saliva y consiguió hablar.

–Ammar –dijo, inexpresivo–. Estás vivo.

–No parece alegrarte que haya regresado de entre los muertos –su hermano soltó una carcajada seca y carente de humor.

–Para mí moriste hace quince años.

–Necesito hablar contigo.

Khalis luchó contra la marea de emociones que le había provocado oír la voz de su hermano. Shock, ira, dolor y también alegría y arrepentimiento que no quería admitir.

–No tenemos nada que decirnos.

–Por favor, Khalis –casi sonó como una orden: el hermano mayor sometiendo al pequeño una vez más. Eso afirmó la resolución de Khalis.

–No.

–He cambiado...

–La gente no cambia, Ammar. No tanto –Khalis se preguntó por qué no colgaba sin más.

–¿Realmente crees eso? –preguntó Ammar con voz queda. Por primera vez en el recuerdo de Khalis, sonaba triste en lugar de airado.

–Yo... –se preguntó si lo creía.

Había vivido esa verdad quince años: su padre no cambiaría, no podía cambiar. Porque si hubiera sido posible, tal vez Khalis no se habría ido de forma tan dramática. Tal vez se habría quedado, o regresado, o algo. Tal vez Jamilah seguiría viva.

–Sí –tragó saliva y enterró esas ideas–. Sí que lo creo –con mano temblorosa, colgó el teléfono.

El silencio reverberó en la habitación. Khalis pulsó el botón del intercomunicador.

–Por favor, bloquee todas las llamadas de ese número –le dijo a la recepcionista, que seguía pidiendo disculpas cuando Khalis cortó la comunicación. Se puso en pie y paseó por el despacho como un animal enjaulado.

¿Habría cambiado Ammar? No sería la primera vez. Khalis recordaba el día que su hermano había cumplido ocho años. Su padre lo había llamado para que saliera de la habitación en la que ambos jugaban sin saber que ese era el último día de placeres infantiles. Khalis no sabía qué le había dicho o hecho Balkri a su hijo mayor, pero cuando Ammar regresó le sangraba el labio y la luz de sus ojos se había apagado. No volvió a tener una palabra o una acción amable para con Khalis.

Con el paso de los años la rivalidad entre ellos se había convertido en algo duro y cruel. Ammar siempre tenía que ganar y además humillar a Khalis. Era mayor, más fuerte y más duro, y se lo hacía saber en cuanto tenía oportunidad. Era más que rivalidad fraterna. Ammar parecía guiado por algo oscuro y a veces Khalis creía ver en sus ojos una tormenta de emociones que no entendía. Si preguntaba, Ammar se iba o lo golpeaba. No había vuelta a la infancia. Nunca se volvía atrás.

«¿Cambiaba la gente?»

Tal vez Ammar no hubiera cambiado, ¿podía suponer lo mismo de todo el mundo? ¿De Grace?

Khalis recordó a Grace como la había visto la última vez, cabizbaja y llorosa. ¿Creía en su cambio o iba a congelarla en su momento de mayor debilidad, sin permitirle que lo dejara atrás? Se preguntó hasta qué punto lo vivido con su padre y hermano coloreaba su percepción de Grace.

Ella era diferente, por supuesto que lo era. Se recriminó al comprenderlo. Seguía sin gustarle lo de la aventura, claro. Pero le había dicho a Grace que ni mirar atrás, ni las recriminaciones inútiles tenían sentido. Él quería mirar hacia delante.

Se apartó de la ventana con resolución. Necesitaba ver a Grace de nuevo. Hablar con ella. «Ayúdame a entender», le había dicho. Pero no la había entendido. Tal vez ambos necesitaran una segunda oportunidad.

Grace se estiró el sencillo vestido túnica de color gris y miró a la multitud de académicos y entusiastas del arte invitados a la recepción en el Museo Fitzwilliam. Khalis volvía a ser aclamado como un héroe por donar las obras de arte de su padre, en este caso los dos Leonardos de Leda.

–Estarás encantada –le dijo uno de sus antiguos profesores mientras agarraba una copa de champán de una de las bandejas que circulaban–. ¡Unas obras tan importantes expuestas tan cerca de casa!

–Sí, es una noticia maravillosa para el museo –contestó Grace. Ya no consideraba Cambridge su hogar, aunque aún tenía la casa en la que había crecido; se la alquilaba a académicos visitantes.

Durante muchas noches en vela, Grace se había preguntado por qué Khalis había donado las obras al Fitz-william. Parecía uno de sus gestos tiernos, pero como él la odiaba no entendía el mensaje.

Siguió recorriendo el vestíbulo de entrada del museo, charlando con los invitados y vigilando la puerta. Aunque sabía que no tenía sentido, no podía evitar querer saber cuándo llegaba él.

Aunque no hubiera sentido un extraño cosquilleo en la espalda, los murmullos de la gente le habrían indicado su llegada. Alto e imponente con un inmaculado traje azul marino, Khalis causaría admiración dondequiera que fuera. Grace se apoyó en la pared y alzó la copa como una especie de escudo. Vio la mirada gris verdosa de Khalis examinar a la gente y supo que la buscaba. Cuando la encontró, su mirada fue como un láser que derrumbó sus defensas. Se quedó inmóvil e incapaz de pensar.

La expresión de Khalis era neutra, pero sus ojos la abrasaban, llegándole al alma. La odiaba de verdad. Con gran esfuerzo, Grace se dio la vuelta y fue hacia el siguiente grupo de gente.

Khalis sintió una oleada de pesar al ver a Grace alejarse. Parecía muy delgada con esa túnica de seda. Se preguntó si había perdido peso; su rostro le había parecido pálido y sus ojos enormes.

Había tenido tiempo de sobra para admitir que el pasado había teñido su percepción del presente, de Grace. Se había engañado a sí mismo, igual que había hecho respecto a su padre. Había querido creer solo lo mejor de ella, y por eso se había negado a escuchar sus advertencias, pintando su propia historia de color de rosa.

Y cuando ella se había atrevido por fin a decirle la verdad, se había ido sin más. Había pedido, casi exigido, su confianza, para abusar de ella a la primera oportunidad.

¿Por qué iba ella a plantearse siquiera volver confiar en él?

Capítulo 11

LOS NERVIOS de Grace se fueron tensando a lo largo de la tarde. Para cuando terminó la recepción tenía la sensación de que estaban a punto de romperse como gomas demasiado estiradas. Le dolía el cuerpo por el esfuerzo de parecer interesada y despreocupada, así como encantada porque Khalis hubiera donado unas obras tan magníficas al museo.

Había observado que Khalis recorría la habitación en sentido opuesto al de ella; no había duda de que la estaba evitando. Quizás él ya solo sentía indiferencia. Sin embargo, a pesar de los metros que los separaban, ella estaba pendiente de él. Hasta cuando charlaba intentaba captar el sonido grave de su voz o percibir su movimiento.

Ya no volvería a verlo. Los Leonardos eran las dos últimas piezas de la colección Tannous. No habría más recepciones ni galas, ni necesidad de encontrarse con él. Ni riesgo, ni peligro. Tendría que haber sido un alivio, pero se sentía devastada.

Por fin, los invitados empezaban a salir a la calle Trumpington y Grace encontró la oportunidad de escapar. Había visto que Khalis charlaba con algunos rezagados, así que recogió su ligero abrigo y salió rápidamente del vestíbulo. Era verano, pero el tiempo era fresco y húmedo, así que se cerró el abrigo mientras se dirigía hacia el hotel en el que había reservado una habitación.

Seguramente no volvería a verlo. Ni a hablar con él. Ni a tocarlo...

–Grace.

Durante un segundo, Grace pensó que estaba imaginando cosas. Fantaseando con que oía a Khalis por lo mucho que lo echaba de menos.

–Grace.

Atónita, se dio la vuelta lentamente. Khalis estaba allí, con el pelo mojado y de punta por la lluvia. Había olvidado su abrigo.

Grace lo miró con la mente vacía. No parecía enfadado, pero no se le ocurría ninguna razón para que fuera a buscarla. Creía que todo había quedado dicho aquella horrible noche en su apartamento.

–¿Te alojas en casa de tu padre? –preguntó él tras un momento interminable.

–Está alquilada. He reservado un hotel, solo por esta noche.

–¿Vuelves a París mañana?

Ella asintió.

–Gracias por donar los Leonardos al Fitwilliam. El museo está encantado, desde luego.

–Bueno –Khalis sonrió de medio lado–, al fin y al cabo, el Louvre tiene a la *Mona Lisa*. Y sé cuánto te importan esos cuadros. Pensé que debían ir a tu segundo hogar.

–Gracias –las lágrimas quemaron los ojos Grace–. Ha sido muy amable de tu parte, sobre todo considerando... –se le cerró la garganta y se limitó a mirarlo, con el corazón en los ojos.

–Oh, Grace.

Con un movimiento fluido, Khalis se acercó y la atrajo, envolviéndola en un abrazo gentil pero fiero. Grace sintió la lana húmeda del traje en la mcjilla, estaba atónita porque estuviera allí, abrazándola y haciendo que se sintiera de maravilla. Se apartó de él a su pesar.

—Alguien nos verá...

—Al diablo con eso.

—No te entiendo. ¿Por qué estás aquí? ¿Por qué estás...? —concluyó la pregunta mentalmente: «Abrazándome. Mirándome como si me amaras».

—Porque lo siento, Grace. Me equivoqué. Mucho —su voz tembló en la última palabra.

—¿Tú te equivocaste? —Grace lo miró atónita.

—No debería haberme ido así. Recibí un shock, eso lo admito, pero quería que confiaras en mí y luego desprecié esa confianza a dos manos.

—Te juzgas con mucha dureza —ella parpadeó, analizando sus palabras.

—No tenía derecho a juzgarte.

—Sé lo que hice, Khalis...

—Sé que lo sabes. Cuanto dijiste e hiciste está marcado por la culpabilidad, Grace. No entiendo cómo no lo vi antes.

—No sé cómo librarme de ella —musitó ella, desviando el rostro.

—Te pedí que me ayudaras a entenderte. Me dijiste la verdad, pero no creo que lo contaras todo.

—¿Qué más quieres que diga? —casi gimió ella.

—Ayúdame a entender —Khalis la envolvió con sus brazos, demostrando que la aceptaba—. No solo lo que lamentas o desearías que fuera distinto. Ayúdame a entenderte.

—No sé cómo.

—Háblame. Cuéntamelo todo.

Hasta que no estuvo tumbada entre sus brazos, no empezó a hablar. Khalis sabía que tenía que ser paciente y más gentil que nunca. Ya le había costado conseguir que confiara en él cuando la creía perfecta. Ahora sabía que habría cosas que no quería oír, hechos que le costaría aceptar. Pero necesitaba abrazarla y tenerla a su lado.

La había llevado al hotel de lujo que había reservado, la suite del ático, con vistas al río Cam. Ella había abierto los ojos de par en par al ver la enorme cama con dosel, llena de almohadones.

Iba a tranquilizarla, a decirle que podían limitarse a hablar, cuando ella se acercó y lo envolvió con sus brazos. Él enterró el rostro en su cabello, inhalando su dulce fragancia.

–Te he echado de menos –susurró ella–. He echado de menos estar juntos.

Él la entendió perfectamente. Le había ocurrido lo mismo. La besó y ninguno de los dos pudo controlar la oleada de deseo que los asaltó cuando sus labios se unieron. Era imposible ir despacio. Khalis bajó la cremallera del vestido de Grace y ella se libró de él, dejándolo caer a sus pies.

–Otro vestido muerde el polvo –dijo Khalis, sonriente. Grace se quitó los zapatos. La llevó a la cama y se sumergieron el uno en el otro, un lío de manos y piel y necesidad de recordar y sentir.

Grace se arqueó hacia él cuando deslizó la mano entre sus muslos.

–Oh, Grace. He echado de menos esto. Te he echado de menos a ti.

–Sí –jadeó ella, clavando los dedos en sus hombros y tirando de él para que se acercara.

Y entonces la llenó, haciéndola gemir de placer y júbilo por saber que el vínculo que los unía había sido restablecido por fin. Después, ella yació en sus brazos, con el corazón tronando junto al de él.

–Sin lágrimas –dijo él, acariciando su mejilla seca. Ella sonrió contra la palma de su mano.

–Sin lágrimas –contestó.

Siguió un breve silencio. Después ella se acurrucó contra él y Khalis supo que iba a empezar a hablar.

–Tenía catorce años cuando conocí a Loukas –cerró los dedos alrededor de su brazo, anclándose a él. Khalis esperó–. Mi madre había fallecido el año anterior y me sentía sola. Mi padre era maravilloso, pero sus libros lo absorbían. Loukas era muy amable; aunque estaba lleno de planes para hacer fortuna, hacía tiempo para mí –suspiró y su cabello rozó el pecho de él–. La siguiente vez que lo vi fue en el funeral de mi padre. Yo tenía veintiséis años y acababa de terminar el doctorado. Iba a empezar a trabajar en una casa de subastas en Londres, pero tras la muerte de mi padre me sentía muy sola, no me quedaba nadie –movió la cabeza–. Que Loukas me invitara a salir con él y me escuchara me pareció maravilloso. No había tenido ninguna relación seria antes, estaba muy centrada en mis estudios –hizo una pausa–. A veces me pregunto si me habría fijado en él si nos hubiéramos reencontrado en otro momento. No lo sé. Creo que no me habría atraído tanto.

–Estabas muy vulnerable.

–Eso es una excusa –Grace negó con la cabeza.

–No hablamos de excusas –le recordó Khalis–. Sino de comprensión.

–Nos casamos seis semanas después. Fue demasiado rápido, eso lo veo ahora. Yo apenas sabía lo que hacía, aún estaba de duelo. Seguía considerándolo un estudiante universitario que siempre tenía una palabra amable y una sonrisa para mí, pero él había cambiado. Era rico, increíblemente rico, y creo que me vio como una posesión. Muy preciada, pero...–tragó saliva, tenía la

voz ronca–. Me llevó a su isla para lo que pensé sería
una luna de miel. Creía que volveríamos y llevaríamos una
vida normal en Londres –se tensó. Él acarició su brazo–.
Pero me dejó allí –confesó Grace–. Me dijo que quería
que estuviera a salvo e informó a la casa de subastas de
que no iba a incorporarme. Me sentí como Leda, atrapada en esa habitación sin que nadie la viera ni supiera
que estaba allí –soltó una risita temblorosa–. Suena ridículo porque no era una prisionera, era una mujer
adulta, podría haber buscado transporte o algo. No estaba atrapada.

–¿Pero? –la animó Khalis cuando su silencio duró
demasiado.

–Pero tenía miedo. Loukas era la única persona que
tenía en el mundo y, aunque apenas estaba allí conmigo,
no quería perderlo. A veces me convencía de que todo
era razonable, que vivir en una isla paradisíaca no era
ninguna tortura.

–No me extraña que odiaras Alhaja.

–No me gusta sentirme atrapada. Ni dirigida. Loukas
siempre estaba diciéndome qué hacer, incluso qué pensar –suspiró y movió la cabeza–. Estaba haciendo acopio de coraje para irme cuando descubrí que estaba embarazada. Supe que no podía abandonarle; él no lo
permitiría y yo aún quería que nuestra familia funcio-
nara –se volvió hacia él con los ojos anegados de tristeza–. Cuando nació Katerina, pensé que sería suficiente. Tendría que haberlo sido. Pero no dormía ni
comía bien y yo estaba cansada. Loukas contrató a una
niñera para que me ayudase, pero era horrible, tan man-
dona y controladora como él. A veces tenía la impresión de que estaba volviéndome loca.

Khalis no dijo nada, siguió acariciando su espalda,

su hombro, su brazo. Caricias para demostrar que estaba escuchando, que entendía.

–Y entonces, Loukas lo contrató –susurró–. Para ocuparse de la propiedad. A veces me pregunto... Creo que tal vez... tal vez me estaba poniendo a prueba, y fracasé.

–Así no es como funciona un matrimonio.

–No –dijo Grace con un hilillo de voz–. Nada tendría que funcionar así –sus hombros se movieron y él supo que estaba llorando, los sollozos que convulsionaban todo su cuerpo,

Khalis no dijo nada. Siguió abrazándola. Se preguntó cómo podía haber dudado de esa mujer, cómo había llegado a pensar que no la quería.

En ese momento la amaba más que nunca.

–Lo siento –dijo ella cuando sus sollozos se abatieron por fin–. No he llorado así desde... bueno, desde siempre.

–Ya lo imaginaba.

Ella alzó el rostro. Tenía los ojos rojos e hinchados y el rostro lleno de manchas. Khalis sonrió y besó sus labios con suavidad.

–Eres bellísima. Y te quiero.

–Yo también te quiero a ti –su boca se curvó con una sonrisa temblorosa. Puso la palma de la mano en la mejilla de él–. Por primera vez me siento como si el pasado no estuviera sobre mí, sofocándome. Casi me siento... libre –le acarició la mejilla–. Gracias.

Cuando Grace se despertó, la cama estaba vacía y el sol inundaba la habitación. Nunca habría creído que contarle todo a Khalis haría que se sintiera tan bien, había sido como un bálsamo. Ya no había secretos entre ellos.

«¿Y qué hay de tu hija?»

Grace se puso de costado. Loukas habría descubierto lo de la noche anterior. De alguna manera, lo sabría. Aunque se le encogió el corazón, comprendió que no sentía el terror que la había atenazado durante cuatro años. Con la ayuda de Khalis, lucharía contra la sentencia de custodia. No sabía cómo ni cuánto tardarían, pero por primera vez tenía esperanza. Sonriente, se levantó. Oyó el ruido de la ducha en el cuarto de baño y vio una bandeja con una jarra de café, un par de tazas y un periódico. Se sirvió y empezó a leer.

Ammar Tannous sobrevive al accidente de helicóptero.

Ni siquiera estaba en primera página, sino en una esquina de la segunda, pero las palabras parecieron saltar hacia ella. El hermano de Khalis estaba vivo. Apenas había procesado la información cuando se abrió la puerta del cuarto de baño y Khalis salió en calzoncillos y con una toalla sobre los hombros.

—Buenos días.

—Khalis –alzó la vista, sin soltar el periódico–. Khalis, acabo de leer...

—Algo asombroso, por lo que parece.

—Mira esto –empujó el periódico hacia él y señaló el artículo. En el segundo que Khalis tardó en leer el titular y apretar los labios, su esperanza y júbilo dieron paso a la aprensión.

—¿Qué hay de eso? –Khalis dejó de leer y se sirvió una taza de café.

—«¿Qué hay de eso?», Khalis, ese es tu hermano. ¿O no? –pensó que había algún error. Él no podía ser tan frío respecto a esa noticia.

–Eso parece –se sentó frente a ella y tomó un sorbo de café. Si Grace no hubiera captado la tensión que irradiaba su cuerpo, había creído que era totalmente indiferente. La taza de porcelana parecía a punto de romperse entre sus dedos–. Esta mañana he ido a interponer un recurso de custodia.

–¿Un recurso...? –Grace parpadeó, atónita.

–Mi equipo legal cree que el juez abusó de la facultad discrecional –explicó Khalis–. Como apenas había datos para justificar la sentencia, es un error manifiesto. Podrías tener la custodia total.

–Estás cambiando de tema –dijo Grace, aunque una nueva esperanza se encendió en su corazón.

–Estoy hablando de tu hija.

–Y yo hablo de tu hermano. Ni siquiera parece sorprenderte que esté vivo –captó una sombra en los ojos de él–. Lo sabías, ¿verdad? –dijo lentamente–. Ya lo sabías.

–Me telefoneó hace unos días.

–Y qué... ¿qué te dijo?

–En realidad no hablé con él.

–¿Por qué no?

–Porque estaba metido hasta el cuello en las mismas actividades ilegales que mi padre. No confío en él, ya ni siquiera lo conozco. Por lo que a mí respecta, es mi enemigo.

Ella lo miró fijamente y captó la energía airada de su cuerpo. Había más oscuridad, dolor y miedo en el asunto de lo que Khalis decía. Él la había ayudado a mirar en el abismo de sus errores del pasado; tal vez fuera su turno de ayudarlo a él.

–¿No podrías al menos hablar con él?

–No tendría sentido.

–Tal vez haya cambiado...

–Él sugirió lo mismo –Khalis soltó una risotada amarga–. La gente no cambia, Grace. No tanto.

–¿No? –Grace sintió una punzada de dolor.

–Sabes que no me refería a ti –Khalis la miró.

–Pues no veo la diferencia.

–¿No ves la diferencia entre mi hermano y tú? Venga ya, Grace.

–¿Cuál es la diferencia, Khalis? Somos dos personas que erraron y se arrepienten de ello.

–¿Crees que Ammar se arrepiente?

–Te dijo que había cambiado, ¿no?

–Esto es ridículo –Khalis miró hacia otro lado–. Tú cometiste un error del que te arrepientes amargamente, y Ammar cometió docenas.

–Ah, ya veo –Grace sintió frío– ¿Hay un número máximo de errores aceptable? ¿Yo estoy bien porque solo cometí uno?

–Estás dando la vuelta a mis palabras.

–No entiendo por qué no hablas con él.

–Porque no quiero –escupió Khalis, rojo. Grace pensó que parecía airado, pero también asustado.

–No quieres perdonarlo, ¿verdad? –adivinó. Vio en los ojos de Khalis que no se equivocaba–. ¿Por qué no? ¿Por qué quieres aferrarte a toda esa ira y esa pena? Sé cómo puede incapacitarte...

–No lo sabes –Khalis se levantó de la mesa y fue a la ventana–. No quiero hablar más de esto.

–Así que se supone que yo debo contártelo todo, abrirte mi corazón y mi alma, pero tú puedes reservarte parte de tu vida. Eso es muy justo.

El aire estaba cargado de tensión. Grace había creído que ambos se habían curado la noche anterior, pero no era así. Khalis seguía viviendo en el tormento de su pasado, con el corazón cerrado. Había visto ese núcleo de

hierro desde el primer día. No se había derretido mági-
camente. Ella había estado soñando con finales felices,
pero no los habría si Khalis se aferraba a su ira.

–Khalis, si no estás dispuesto a perdonar a tu hermano, si no puedes crees que haya cambiado, ¿cómo
puedo creer que piensas que yo sí?

–Es totalmente distinto... –Khalis rezongó.

–No lo es. En realidad no –negó con tristeza. Quería
ayudarlo, pero no sabía si podría. Si él lo permitiría–.
Casi desearía que lo fuera. ¿No te das cuenta de que esa
frialdad que te atenaza, afectará a cualquier cosa que
tengamos juntos?

–No conoces a mi familia, Grace –Khalis se dio la
vuelta y le lanzó una mirada de advertencia.

–Pues háblame de ellos. Dime qué hicieron tan terrible para que no puedas dar a tu hermano, al que creías
muerto, una segunda oportunidad.

–Estás intentando equiparar dos situaciones muy distintas –se mesó el cabello–. Y no funciona.

–Pero los principios son los mismos –Grace se levantó y dio un paso hacia él–. El corazón involucrado
en las relaciones es el mismo, el tuyo.

–¿Estás diciendo que no puedo amarte si no perdono
a mi hermano? –Khalis soltó una risa incrédula y dis-
gustada, que sonó a graznido.

Grace titubeó. No quería ponerle un ultimátum ni
forzarlo a hacer algo si no estaba preparado. Pero sabía
que no tendrían un futuro seguro mientras él albergara
ese odio frío hacia su familia.

–Desde que nos conocimos –dijo, eligiendo con cuidado las palabras–, he percibido una oscuridad y una
dureza en ti que me asustan.

–¿Yo te asusto? –arqueó las cejas con incredulidad–.
Pensaba que me querías.

–Y así es, Khalis. Por eso estoy diciendo esto.

–¿Eres cruel por mi bien? –se mofó él.

–No pretendo ser cruel. Pero no entiendo, Khalis. ¿Por qué no hablas con tu hermano? ¿Por qué te niegas al duelo y a pensar en tu familia? ¿Por qué estás tan empeñado en no mirar atrás?

–Lo pasado, pasado está.

–No si controla tus acciones –refutó Grace. Él la miró largamente y deseó correr a su lado y abrazarlo–. Me ayudaste a enfrentarme a mis demonios. Tal vez debas enfrentarte a los tuyos.

El rostro de Khalis se contrajo y Grace pensó que había ganado. Los dos habían ganado. Pero él se dio la vuelta de nuevo.

–Eso no es más que psicología barata.

–¿De verdad crees eso?

–No hagas de esto lo que no es, Grace. No tiene que ver con nosotros. Podemos ser perfectamente felices aunque no vuelva a ver a mi hermano.

–No. No podemos –las palabras parecieron caer sobre el silencio desde una gran altura. Khalis la miró atónito. El desconcierto desplazó a la ira.

–¿Qué estás diciendo?

–Estoy diciendo –cada palabra era como una puñalada a su propio corazón–, que si ni siquiera puedes hablar con tu hermano, al que creías muerto, no puedo estar contigo –miró a Khalis, parecía que acabara de recibir un puñetazo–. Esto no es una especie de ultimátum...

–¿En serio? –ladró él–. Pues sin duda lo parece.

–Hablo de hechos, Khalis. Nuestra relación ha sido un cúmulo de contradicciones desde el principio. Incluso con secretos teníamos una conexión increíble. Pero no quiero una relación, un amor, que sea una contradicción. Quiero algo real. Completo. Puro. Bueno. Quiero eso contigo.

–Cuando nos conocimos te puse en un pedestal. Pensé que eras perfecta y me decepcioné cuando me enseñaste tus pies de barro –inspiró lentamente–. Pero te acepté, Grace. Te acepté y amé tal y como eres. ¿Y ahora tú no puedes hacer lo mismo por mí? ¿Tengo que ser perfecto?

–No, Khalis –movió la cabeza y parpadeó para evitar las lágrimas–. No quiero que seas perfecto. Solo quiero que lo intentes.

–Que intente ser perfecto –su boca se curvó con una mueca de incredulidad.

–No, solo que intentes perdonar.

Khalis no contestó, y eso fue respuesta suficiente. Grace comprendió que no podía hacerlo. No podía dejar de aferrarse al pasado. Y así no habría un futuro feliz juntos. Lentamente, empezó a recoger su ropa del suelo.

–Me espera un vuelo que no puedo perder.

Khalis miró la puerta de la habitación de hotel en la que se alejaba su hermano. Había tardado dos días en hacer acopio de valor para llamar a Ammar y luego volar a Túnez para verlo. Allí estaba, en el pasillo de un hotel sin nombre, con los gritos y ruidos del mercado de forja y artesanía resonando en el aire cálido y polvoriento.

Grace había exigido respuestas, pero ¿cómo podía explicarle su razonamiento para negarse a hablar con su hermano? ¿Qué clase de hombre podía ser tan duro de corazón?

Por lo visto, él podía.

Sin embargo, el sentimiento, la necesidad, de mantenerse distante de su familia era tan instintivo que era como un reflejo. Cuando había oído la voz de Ammar en el teléfono, entrecortada e incluso rota, ese instinto se había hecho aún mayor. Grace tenía razón. No quería perdonar a Ammar. Temía lo que podría ocurrir si lo hacía.

Había hecho falta que ella lo abandonara, devastándolo, para que se enfrentara a su hermano. A su pasado.

Khalis alzó el puño y llamó a la puerta. Oyó pasos, la puerta se abrió y se encontró ante su hermano. Ammar seguía siendo alto e imponente, lo que le recordó que siempre había sido mayor, más fuerte y más duro. Pero estaba demacrado, y tenía una larga cicatriz a un lado de la cara. Ammar lo miró fijamente y luego le cedió el paso.

Khalis entró despacio, vibrando de tensión. Había visto a Ammar por última vez cuando se iba de Alhaja, con veintiún años. «¡Hasta nunca!» le había dicho Ammar, riéndose. Y se había dado la vuelta como si no le importara en absoluto.

–Gracias por venir –sonaba como siempre, adusto e impaciente. Tal vez no había cambiado.

–No estoy seguro de por qué lo he hecho –contestó Khalis. No pudo decir más, la emoción le atenazaba la garganta. Hacía quince años que no veía a su hermano, ni en fotografía. Tampoco habían hablado. Ni siquiera había pensado en él, porque eso implicaba recordar los días felices de su infancia, cuando eran amigos, no rivales.

Con un pinchazo de dolor, Khalis comprendió que pensar en Ammar implicaba pensar en Jamilah y dudar. Preguntarse si había cometido un error al irse, tantos años atrás. Era una idea que no soportaba considerar ni siquiera un momento.

–Así que estás vivo –su voz sonó rasposa. Una parte de él quería abrazar al hermano perdido hace tanto tiempo. Otra parte, tal vez la más grande, seguía teniendo el corazón duro como una piedra.

«El corazón involucrado en las relaciones es el mismo, el tuyo». Y él quería que ese corazón perteneciera a Grace. Tenía que intentarlo.

–¿Por qué querías hablar conmigo?

–Eres mi hermano –Ammar hizo una mueca.

–No he sido tu hermano durante quince años.

–Siempre serás mi hermano, Khalis.

–¿Qué estás diciendo? –Khalis intentó que su voz sonara templada. Era difícil cuando se sentían tantas emociones contradictorias: esperanza y miedo, ira y júbilo. «No quiero una relación que sea una contradicción». Tragó saliva y se dio ánimo. Ammar soltó el aire de golpe.

–Dios sabe que he cometido muchos errores en esta vida, incluso de niño. Pero he cambiado.

Khalis dejó escapar una risa incrédula y fría. Grace tenía razón. En su interior había una frialdad y una oscuridad que no sabía cómo disipar.

–¿Cómo has cambiado? –consiguió preguntar.

–El accidente de helicóptero...

–¿Estar cerca de la muerte te hizo ver tus errores? –Khalis oyó el desdén de su propia voz.

–Algo así. ¿Quieres saber lo que ocurrió?

–Bueno –se encogió de hombros.

–El motor falló. Creo que fue un accidente genuino, aunque Dios sabe que nuestro padre siempre sospechaba que alguien pretendía matarlo.

–Cuando se trata con la escoria de la sociedad, eso suele ocurrir.

–Lo sé –aceptó Ammar con voz queda–. Yo pilotaba

el helicóptero. Cuando comprendimos que íbamos a estrellarnos, padre me dio el único paracaídas que había.

Khalis se quedó mudo de asombro. No había creído a su padre capaz de generosidad alguna.

–¿Por qué había solo un paracaídas? –preguntó.

–¿Quién sabe? –Ammar se encogió de hombros–. Tal vez el viejo quería que hubiera solo uno para asegurarse de ser el único que se salvara en caso de accidente.

–¿Pero cambió de opinión?

–Él cambió –murmuró Ammar. Khalis creyó captar una nota de tristeza en su voz–. Se moría. Le habían diagnosticado un cáncer terminal seis meses antes. Eso lo llevó a pensar las cosas.

–¿«Pensar» las cosas?

–Sé que tenía mucho de lo que responder. Creo que por eso decidió dejarte la empresa un mes antes de morir. Habló de ti y dijo que se arrepentía de haber sido tan duro contigo –Ammar sonrió con tristeza–. Admiraba lo que habías hecho de ti mismo.

Era difícil de creer. La última vez que lo había visto, Balkri Tannous le había escupido en la cara e intentado golpearlo. Khalis, temerario, le había dicho que se llevaba a Jamilah con él. «Por encima de mi cadáver», había dicho Balkri Tannous. Pero al final el cadáver había sido el de Jamilah.

Y Khalis se había ido de todas formas. Sin ella.

Sintió punzadas de dolor en la cabeza y en el corazón. Por eso no pensaba nunca en el pasado. Por eso había roto todo vínculo con su familia e insistía en que para su padre y su hermano no había redención posible. Para no preguntarse si tendría que haberse quedado o volver antes. O habérsela llevado de todas formas.

–Estás pensando en Jamilah –comentó Ammar.

Khalis le dio la espalda y apoyó una mano en la puerta. Estaba desesperado por irse, pero la imagen de Grace le daba fuerza para seguir allí.

—Fue un accidente —dijo Ammar—. Su muerte. Ella no quería matarse —hizo una pausa y Khalis cerró los ojos—. Sabía que tendrías dudas.

—¿Cómo sabes que fue un accidente?

—Ella tenía determinación, Khalis. Quería vivir. Me lo dijo.

—Si hubiera vuelto por ella... —Khalis emitió un sonido de angustia.

—No habrías podido prevenir un accidente.

—Si me hubiera quedado...

—No podías quedarte.

—Tal vez debí hacerlo —cerró el puño—. Quizás si me hubiera quedado habría podido cambiar las cosas para mejor.

Khalis no oyó a su hermano moverse, pero de repente sintió su mano sobre el hombro.

—Khalis, hizo falta un acto de Dios y la muerte de mi padre para que yo quisiera cambiar. Padre necesitó ver su diagnóstico para plantearse cambiar. No intentes cargar con el peso del mundo a la espalda. Éramos hombres adultos. No éramos responsabilidad tuya, ni tampoco Jamilah.

—Sigue con el accidente de helicóptero —sugirió Khalis tras un largo silencio.

—Salté en paracaídas y conseguí llegar a tierra. Una pequeña isla al sur de aquí, más cerca de la costa. Había agua dulce, así que no era problema sobrevivir al menos unos días. Tenía un hombro dislocado, pero conseguí arreglarlo —Ammar lo decía sin darle importancia, pero impresionó a Khalis, que no se veía viviendo una catástrofe similar—. A los seis días conseguí llamar la atención de unos pescadores, que me llevaron a un pequeño pueblo de la costa tunecina. Para entonces tenía fiebre y perdí el conocimiento varios días. Cuando recordé quién era, habían pasado semanas desde el accidente. Sabía que tenía que hablar contigo, así que volé a San Francisco y después a Roma.

—¿Cómo sabías dónde estaba mi empresa?

—He seguido la pista de lo que hacías —dijo Ammar—. Desde el primer día.

Khalis, en cambio, se había negado a leer o escuchar nada relacionado con Empresas Tannous. Sintió otro pinchazo de culpabilidad. No soportaba la idea de que su padre y su hermano lo hubieran echado de menos. Ni la de haberse equivocado.

—Sé que no fui un buen hermano—dijo Ammar.

—Rivalidad fraterna —dijo Khalis, indiferente.

—Fue peor que eso —el silencio de Khalis se lo confirmó—. Por favor, perdóname, Khalis.

Ammar no lo podía decir más claro. Khalis vio la sinceridad que expresaba su rostro, pero no dijo nada. Las palabras se le atragantaron.

«Si te perdono entonces el pasado dejará de ser pasado y tendré que vivir con la culpa y el arrepentimiento de saber que debería haberme quedado y salvado a Jamilah. Y no podría sobrevivir a eso. No soy lo bastante fuerte», pensó.

Pero Grace era fuerte. Grace lo hacía fuerte. Y él sabía, como Grace lo había sabido, que Ammar no era el único al que necesitaba perdonar. Tenía que perdonarse a sí mismo.

«Me ayudaste a enfrentarme a mis demonios. Tal vez debas enfrentarte a los tuyos».

Tenía la garganta cerrada y le escocían los ojos. Pero de alguna manera encontró las palabras.

–Te perdono, Ammar –«Y me perdono a mí».

Ammar esbozó una sonrisa y avanzó hacia él. Con torpeza, porque había pasado mucho tiempo, estiró los brazos hacia Khalis. Khalis lo rodeó con los brazos, incómodo pero también esperanzado.

Sabía que no podría haberlo hecho sin Grace, sin su fuerza. Ella había tenido la fuerza suficiente para alejarse de él. Rezó para que volviera a su lado cuando la encontrase.

Ammar dio un paso atrás, su sonrisa era tan tentativa como el abrazo de Khalis. Era un territorio nuevo e incómodo para ambos.

–¿Qué harás ahora? –preguntó Khalis–. Empresas Tannous te pertenece por derecho.

–Padre quería que la tuvieras tú.

–Pero no la quiero. Y tú has dedicado toda tu vida a la empresa, Ammar. Tal vez ahora puedas hacer algo de ella. Algo bueno.

–Tal vez. Si es posible.

–Te cederé mis acciones y...

–Antes necesito hacer otra cosa.

–¿Qué? –Khalis lo miró sorprendido.

–Tengo que encontrar a mi esposa.

–¿Tu esposa? –Khalis no sabía que su hermano se había casado. No sabía nada de su vida.

–Exesposa, en realidad –corrigió Ammar–. El matrimonio fue anulado hace diez años.

Khalis sintió curiosidad, pero no preguntó más.

–Aun así, deberías asumir el control de Empresas Tannous. Darle la vuelta, si quieres.

Tal vez la empresa podía ser redimida, como había sugerido Grace, en vez de desmontada y destruida.

–Hay tiempo para discutir todo eso –dijo Ammar.

Khalis asintió.

–Ven a Alhaja. Podemos celebrarlo allí.

–Siempre he odiado ese lugar.

–Igual que yo. Pero tal vez incluso sea posible redimir esa maldita isla.

–Estás lleno de esperanza –comentó Ammar con ironía. Él no parecía estar nada esperanzado.

–Lo estoy –contestó Khalis. Tenía el corazón más ligero que nunca. Se sentía como si pudiera flotar. Necesitaba encontrar a Grace–. Tú necesitas encontrar a tu esposa, yo necesito encontrar a mi... –hizo una pausa–. A mi amada –sonriente, dio otro abrazo a su hermano–. Y decirle que lo es.

Seis horas después, Khalis entraba en la sede de Aseguradores de Arte Axis. Una recepcionista lo detuvo y le dijo que tenía que comprobar si la señorita Turner estaba disponible, pero Khalis le sonrió y siguió andando. Nada iba a mantenerlo separado de Grace.

Recorrió varios pasillos equivocados hasta que por fin la encontró en uno de los laboratorios. Estaba analizando un lienzo y su corazón se hinchió de amor al verla. Llevaba una blusa blanca y una falda azul marino. Tenía el pelo recogido en el habitual moño clásico, pero algunos mechones se habían escapado y se rizaban alrededor de su cuello. Sintió orgullo además de amor. Era una mujer fuerte y había llegado muy lejos por sus propios medios. Había triunfado.

Khalis abrió la puerta.

Grace oyó la puerta y sintió el cosquilleo en la nuca que siempre la había alertado de la presencia de Khalis. Pero él no podía estar allí.

Lo estaba. Giró y lo vio, tan guapo como siempre, contemplándola con expresión seria. Solo habían pasado unos días, pero lo había echado de menos una barbaridad.

—¿Falsificación? —preguntó él, yendo hacia el lienzo que había sobre la mesa de acero.

—No, de momento parece genuino.

—No sé mucho de arte —Khalis le ofreció una sonrisa torcida—, pero gracias a Dios distingo lo auténtico cuando lo veo —dio dos zancadas hacia ella y la rodeó con los brazos—. Tú.

—Khalis —Grace escrutó su rostro.

—Encontré a mi hermano. Hablé con él.

—Me alegro —lo abrazó con fuerza.

—Yo también. Sobre todo porque perderte por algo como eso me habría matado. Pero también porque tenías razón. Necesitaba encararme a mi pasado. A mi familia y a la oscuridad que había dentro de mí —se le cascó la voz—. Necesitaba perdonarme a mí mismo.

—A veces esa es la parte más difícil —Grace puso una mano en su mejilla.

—Pero merece la pena. No hay duda de ello —inclinó la cabeza y besó con suavidad los labios de una Grace muy sonriente—. Ahora podemos mirar hacia el futuro. Nuestro futuro.

—Esa es una gran idea —Grace ensanchó los ojos al verlo sacar una cajita de terciopelo del bolsillo.

—Y creo que —Khalis sonrió—, podría empezar así. Grace Turner, ¿aceptarías casarte conmigo?

Ella dejó escapar una risa alegre.

—Sí. Sí, acepto.

—Entonces —Khalis deslizó un anillo de diamantes y zafiros en su dedo—, el futuro se ve muy brillante.

Epílogo

GRACE miró la imponente villa, situada en uno de los mejores barrios de Atenas, y sintió un insoportable cosquilleo de nervios en el estómago.

–¿Y si me ha olvidado? –susurró–... ¿Y si no quiere venir conmigo?

Khalis agarró su mano y apretó con suavidad.

–Pasaremos por esto juntos, paso a paso. Segundo a segundo, si hace falta.

Grace soltó el aire lentamente y asintió. Habían tardado seis meses en llegar a ese punto. Su exmarido había sido citado por los tribunales cuando recurrieron la sentencia de custodia, y tras un lago juicio habían concedido la custodia de Katerina a Grace, y derechos de visita en fines de semanas alternos a Loukas. Furioso por haber perdido el juego, su exmarido había renunciado a todo contacto con la niña. Aunque a Grace la entristeció que rechazara a Katerina, estaba encantada de recuperar a su hija. Encantada y aterrorizada. Tras años de visitas rígidas e insatisfactorias, por fin podría arroparla por la noche. Cantarle canciones. Abrazarla con fuerza.

Si Katerina le dejaba hacerlo.

–Tengo mucho miedo –musitó. Khalis le puso un brazo sobre los hombros y subieron los escalones a la puerta de entrada.

–El pasado, pasado está –le recordó él–. Ahora miramos hacia el futuro, unidos como una familia.

«Una familia». Era un pensamiento maravilloso en su sencillez. Grace asintió y llamó al timbre.

La niñera de Katerina abrió la puerta; había seguido al cuidado de la niña mientras se celebraba el juicio. Grace se presentó y esperó a que la niñera fuera por Katerina.

Casi cayó de rodillas al ver a su hija por primera vez en varios meses. Había crecido varios centímetros y, con casi seis años, empezaba a perder la redondez de los niños pequeños. Miró a Grace con ojos oscuros y enormes.

–Hola, Katerina –dijo Grace, intentando que no le temblara la voz. Khalis apretó su mano con cariño, dándole ánimos–. Hola, cariño.

Katerina la miró un largo momento, después dirigió una mirada curiosa a Khalis y volvió a mirar a Grace. Esbozó una sonrisa tímida.

–Hola, mamá.

Bianca.

Un tórrido encuentro en el calor caribeño la dejó embarazada de su jefe...

PASIÓN EN LA HABANA

Louise Fuller

El ardor de la vibrante ciudad de la Habana debía de ser contagioso. ¿Por qué si no sucumbió Kitty al repentino deseo de disfrutar de una noche con un desconocido? Sin embargo, por muy escandaloso que fuera descubrir que César era su poderoso y reservado jefe, no fue nada comparado con la otra sorpresa que esperaba a Kitty: se había quedado embarazada.

Acepte 2 de nuestras mejores novelas de amor GRATIS

¡Y reciba un regalo sorpresa!

Oferta especial de tiempo limitado

Rellene el cupón y envíelo a
Harlequin Reader Service®
3010 Walden Ave.
P.O. Box 1867
Buffalo, N.Y. 14240-1867

¡Sí! Por favor, envíenme 2 novelas de amor de Harlequin (1 Bianca® y 1 Deseo®) gratis, más el regalo sorpresa. Luego remítanme 4 novelas nuevas todos los meses, las cuales recibiré mucho antes de que aparezcan en librerías, y factúrenme al bajo precio de $3,24 cada una, más $0,25 por envío e impuesto de ventas, si corresponde*. Este es el precio total, y es un ahorro de casi el 20% sobre el precio de portada. ¡Una oferta excelente! Entiendo que el hecho de aceptar estos libros y el regalo no me obliga en forma alguna a la compra de libros adicionales. Y también que puedo devolver cualquier envío y cancelar en cualquier momento. Aún si decido no comprar ningún otro libro de Harlequin, los 2 libros gratis y el regalo sorpresa son míos para siempre.

416 LBN DU7N

Nombre y apellido	(Por favor, letra de molde)

Dirección	Apartamento No.

Ciudad	Estado	Zona postal

Esta oferta se limita a un pedido por hogar y no está disponible para los subscriptores actuales de Deseo® y Bianca®.
*Los términos y precios quedan sujetos a cambios sin aviso previo.
Impuestos de ventas aplican en N.Y.

SPN-03   ©2003 Harlequin Enterprises Limited

DESEO

Su sexy jefe le llegó al corazón y despertó su deseo de una forma completamente inesperada

Noches mágicas

MAUREEN CHILD

Joy Curran era madre soltera y necesitaba el trabajo que le había ofrecido su amiga Kaye, el ama de llaves del millonario Sam Henry, quien vivía recluido en una montaña. Sam no se había recuperado de la muerte de su esposa y de su hijo, y se negaba a sí mismo el amor, la felicidad y hasta las fiestas de Navidad. Sin embargo, Joy y su encantadora hija lo devolvieron a la vida. Por si eso fuera poco, Joy le despertó una pasión a la que difícilmente se podía resistir, y empezó a pensar que estaba perdido. ¿Sería aquella belleza el milagro que necesitaba?